世の終わりの贈りもの

内なる自分が、外なる世界を創るんだ！
光は、外側から射し込むものだなんて、
もう誰も信じないことだろう。（稲田 陽子）

自然との感応は、
生きることそのもの
なのかもしれません。

こころの地平線を
自由に旅する
佐々木画伯の作品……

表紙を含めた三つの作品は、
画伯が心を湿原に遊ばせ、
本書の作品「恋うた」に
贈って下さったものです。

Profile 佐々木 榮松《えいしょう》

1913年北海道生まれ。道東に育ち、湿原を描き続ける。1960年代からはソ連、中近東、地中海、西欧、北欧、アラスカ、カナダ、北・中・南米諸国などを旅して多くの作品を描き、東京、横浜、札幌、釧路等で作品展を開催。また作家としても活躍し、多くの旅行記、随筆集、釣りの書『白いオピラメ』等がある。
1987年にはJR北海道釧路支社に、佐々木榮松美術全作品収蔵の美術館「釧路ステーション画廊」を開館。

Sasaki

はじめに

ガイアの星、地球は、いま、何を考えていることでしょう。
もはや太古の歌をうたうこともできず、平和を願うこともままならず、
ただ、生まれてくるものをこばまずに、いのちを育み続けている。
そんなガイアのスピリットは、これからも、
人間という蛮族とともに息づいてくれるのでしょうか。

地球は、人為的な二酸化炭素説であろうと、

太陽活動の異変説であろうとも、
原因がどうあれ、確実に温暖化し続けています。

その結果、
生態系の変化や、急速な出現をみた気候大変動にも見舞われ、
世界的に洪水、巨大台風、干ばつ、水不足、そして何よりも
異常な気温上昇といった問題に悩まされ始めています。

北極海域の温暖化も深刻で、グリーンランドが海沿いから溶け出してきているといいます。
そのため、水蒸気が多くなり、内陸の降雪量が増えて寒冷化を招いているとはいえ、それも、周辺海域の気温上昇がこのまま進めば、
その先に待ち受けていることも、想像にかたくありません。

その地球の大異変の陰には、また、大地も海も川も大気も汚れ、
戦争も止まず、犯罪も自殺も増加。

人々のこころも身体も、蝕まれていく事実も横たわっています。
まして、文明病であるガンは、いまや死因のトップとなり、３人に１人がガンで亡くなっています。

そうした地球に、そして、そこに棲むものたちに、
いま、もっとも大切なことは、何でしょうか。
そこにまだ希望の灯火が消えずにあるとしたら……
いいえ、
その灯火は、いまもどこかで輝いているはずです。
ちきゅうを愛している人々の方が圧倒的に多いのですから。

その昔、レイチェル・カーソンが、農薬などの化学物質の有害性を訴えた「沈黙の春」という名著の冒頭に、
今日を予言するように象徴的な「明日のための寓話」を書いています。

そのなかに、次のようなパラグラフがあり、いまも、
私の胸に迫ってきます。

「自然は、沈黙した。うす気味悪い。
鳥たちはどこへ行ってしまったのか。
みんな不思議に思った。裏庭の餌箱はからっぽだった。
ああ鳥がいた、と思っても、死にかけていた。
ぶるぶるからだをふるわせ、飛ぶこともできなかった。
春がきたが、沈黙の春だった。
いつもだったら、こまどり、すぐろまねしつぐみ、鳩、
かけす、みそさざいの鳴き声で春の夜は明ける。
そのほかいろんな鳥の鳴き声がひびき渡るのだった。
だが、いまはもの音ひとつしない。
野原、森、沼地――みな黙りこくっている。」

これには、農薬の汚染で生態系に大きな打撃が与えられるだけでなく、

いのちの存続そのものが断ち切られてしまう様が見事に表現されています。

人間が自然に対して、優位に立ち、何をしてもよいという認識に警鐘を鳴らす書として、いまも、胸深く響いてくるのは、言うまでもありません。

私には、この書物が、現代にあっては農薬どころか、放射性物質という化学物質への警鐘のように思われてなりません。

私は、数年前に、「原野の画家」「湿原の画家」などと呼ばれている佐々木榮松画伯の作品が契機となり、「恋うた」というファンタジー作品を作りました。

それは、佐々木先生が、最愛のお嬢さんを幼少のときに、恐るべき空襲で亡くされ、その慈愛深く成長する心象の姿を描き続けた「フローラ（花神）」という一連の哀しく美しい作品を見ているうちに、インスピレーションをいただき、私なりの自由なイメージをふくらませて、物語にしたものです。

このとき、画伯は、私に、物語のイメージにならどのように使ってもよいと、快く言われて、ご自分の作品を三点も下さいました。

どれも、佐々木作品の大作のエッセンスが凝縮され、こころの地平線から大自然の讃歌がどこかしこから響いてくる、いかにも「湿原の釣り人」佐々木画伯らしい作品です。

そのなかから、白黒を基調とした月と湿原の絵を表紙に使わせていただきました。

沈黙のなかに、人の魂まで照らす静寂の趣きがこころを惹きます。

その当時、夫は、画伯から画集の編集・制作を依頼されていたこともあって、私や小さかった子どもたちも、夫と一緒に釧路まで画伯をお訪ねするなど、親しく交流させていただいておりました。

いまは、すでに九十歳を超えられ、さすがに動くのがおっくうになられたと伺っております。

とはいえ、旺盛な芸術家魂はご健在で、昨年の秋には銀座で個展を開かれるという案内状をいただいたものです。

「恋うた」は、こうした背景を持っており、一見恋愛の物語でありながら、その実、私は、大自然との融合を通して、こっそりと芸術家の魂の格闘と成熟をブレンドしました。

表題に使った「世の終わりの贈りもの」を含め、「ふしぎ森のものがたり」「幸せ配達屋さん」「金色の星と青い星」も、すべて思い入れのあるものですが、紙面の都合上、詳細については省かせていただきます。

むしろ、作品をそのままストレートにお読みいただければ、幸いに思います。

さらに、付け加えるなら、
いまも、そっとどこかにくぐもっている、
たくさんの小さな灯火が、内なる自分を照らし、
その仄かな灯りが、またもう一人の見知らぬ隣人を照らす……
そうなって初めて、ちきゅうも、そこに棲むものたちも
ふるさとの癒しを感じられるのかもしれません。
それは、決して法律で縛りつけても、実現されないことでしょう。

最後に、
佐々木榮松画伯がご厚意でご寄贈くださった三点の絵、
イラストレーターの中村国明さんのユーモアのある絵、
「笑描き（絵描き）」の小林真美さんの表情豊かな絵の数々に、
拙著を彩っていただきましたことに心から感謝を申し上げます。
そして、遅々として進まなかった編集作業に協力を惜しまなかった
夫にも……

２００７年、初夏の香りのなかで……

稲田 陽子

恋うた ～そのヴァイオリンは…

恋うた ～そのヴァイオリンは…

風が湖面に光ると、小さなさざ波があちこちで小躍りします。
それは、きらきらと眩しく輝きました。
その湖のほとり。ひとりの青年が、一心にヴァイオリンを
弾き続けておりました。
時折、燃え立つような緋色の葉が、肩をかすめてゆきます。
青年は、ひたすら瞑想するように、目をつむっておりました。

秋日に映る湖面の様子も、

紅葉した樹々も何も目に入りません。
さっきから、幾度も同じところを弾き続けているだけでした。
しかし、何度弾いても、心から満足することはできない。

演奏会が、もう真近に迫っているというのに・・・
(ここは、もっと無心に・・・風のような音が欲しい)
青年は、心の中で呟きました。
そうして、また幾度も弾きました。
しかし、弾けば弾くほど、
ヴァイオリンは、青年から離れていってしまいます。

「だめだ!
風の音にしようと、こだわっているからなんだ!」
ときおり、風が大きくそよぎました。
青年の弾くヴァイオリンの音色に応えるように、

一陣の風が踊りました。

その踊りに合わせて、
今度は、湖岸にたくさん咲くサビタの中のある花株だけが、
なぜか花びらを空に舞い上がらせてゆきます。
それは、幾枚も快さそうに風に乗って、
青年の頬をよぎりました。

湖の精が潜んでいるのかもしれません。
青年は、そんな伝説を聞いたことがありました。
風は、恋文を伝えるようにうたいます。

サビタの花に姿を変えて、
その秘められた心を、白い小さな花に閉じ込めたのは、
やはり湖の精でしょうか。

風に乗り、風に舞い、
青年のもとへ飛んでゆくために・・・
青年は、しばしヴァイオリンの手を休め、
数メートルほど離れたその花のそばへ歩み寄りました。

花は何も語らない。
ただ、うたうように小さな花びらを舞い上げました。
青年は、地べたにゆらめく花びらを何枚か集めると、
無造作に上着のポケットにすべりこませました。

青年が、湖岸を後にしたころ、
湖にまるい橙いろの日が揺れておりました。
それは、いつしか湖にゆるゆると、絵の具のように溶け出
します。

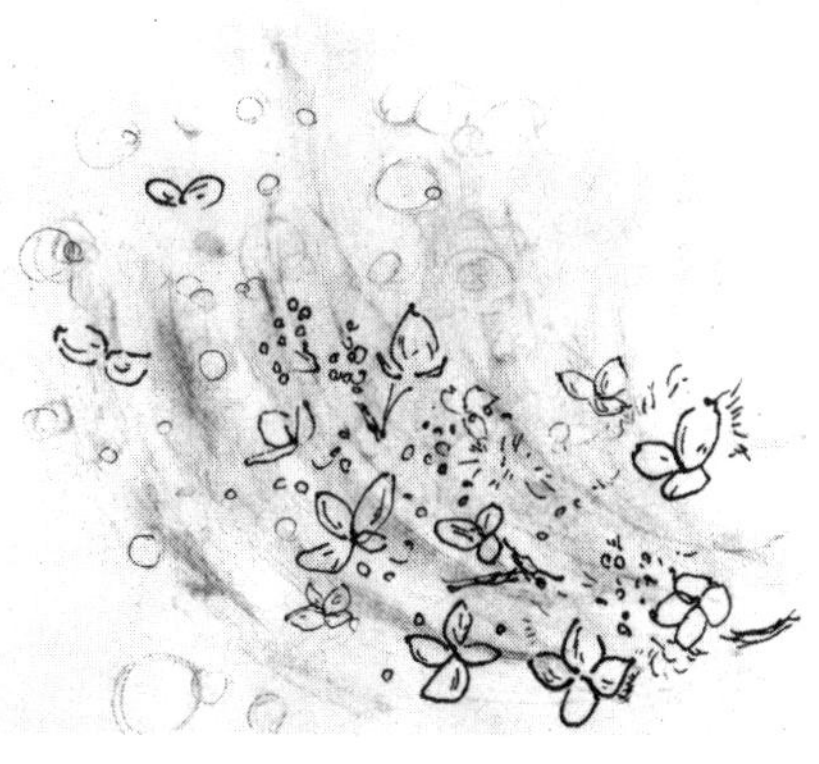

全体、白熱灯に照らし出されたような湖に、微妙に深い影
を宿し始める時・・・

その時、サビタの花が一輪、
湖の波がしらに乗るようにゆっくりと舞い降りました。
それは、何億本ものマッチに灯をともしたような
夕日の色に染まりながら、
ひとりの美しい娘になりました。

この娘こそ、蒼々とした水をたたえる湖に棲む精霊《ニンフ》でした。
娘が息を吹くと、気ままな風も応えて、
音楽のように湖面に鳴り響きます。
樹々の葉がうたい、そよぎます。
枯れ葉たちが、いのちの終わりをささやけば、
枝々がめぐる春を風の中で夢みることでしょう。

さいわいなことに、この人里はなれた湖は、
訪れる人もいまはあまりありません。しかし、
観光を目的に開発が進められることになっておりました。
次の春には、大きな道路が、
湖のまわりを走り抜けているはずです。
湖の精は、そんなこととは露知らず、
明日も青年に会えるのを、ただ心待ちにするばかりでした。

次の朝。光が宝石を散らばせたようにあふれだすころ、
湖の精は、青年の訪れる湖岸に向かって、泳ぎはじめました。
時折、顔をのぞかせ、水に濡れた黒髪に、光が煌めきます。

ところが、しばらくすると、岸辺の方から
何やらガタガタ、騒々しい音が聞こえてきました。
観光道路をつくるために、ブルドーザーやダンプカーが
何台も到着していたからです。

湖の精は、目を大きく見開いて、
黒い瞳を忙しそうにあちこちと動かしました。
そのうちに、その瞳の中に、ある光景が映し出されました。
古い友だちの大樹が、次々と天空に弧を描いて倒れてゆく
のです。

黒い瞳は、一瞬閉じられました。

「なんてことを?」

湖の精は悲しみと怒りの感情を、この時はじめて知りました。

それから毎日のように、ブルドーザーの砂埃がたち、
ショベルカーの爪が、土を引き裂きました。
この工事と同時に、青年の足も遠のいてしまいました。
それでも、湖の精は、目にした恐ろしい光景の中にも
その姿を追い求めてしまいます。
騒がしい湖岸にいまも咲くサビタの花を
悲しげに見つめながら・・・

そんなある朝、天空は澄みわたり、
眩しい光が湖面に降り注ぎました。
ブルドーザーの音も、ダンプカーの音も、

何も聞こえません。湖の精は、耳を澄ませました。
カサッ、カサッと枯れ葉の落ちる音が、
静まり返った大気を震わせます。

光の球が、高く高く昇って、再び湖に向かって転がり始めても、あたりは、穏やかな光の一枚布に覆われていました。
湖の精は、その透明な布を震わせた風の音を
確かに聞きました。

その音色を奏でる人を、どれほど待ったことでしょう。
湖の精は、そっとその人の近くまで泳ぎ、
湖岸のサビタの花影に隠れました。
青年は、不思議な気配を感じたのか、急に弓を止めました。
そうして、足もとに咲くサビタの花を覗き込むように見ると、
その花の後ろに潜むものに目を奪われました。

みずみずしい湖水の精気が青年を包みました。

「君は・・・君は誰れ?」

湖の精は、何を驚いたのか、呆気にとられたように青年を見つめました。

「あなた、あたしが見えるの?」

湖の精は、目を輝かせました。

「君は、誰れ?　なぜ水の中に・・・寒くはないの?」

「あたしが見えるなんて!

あたしの姿が見える人なんて、あなたがはじめてだわ!」

湖の精は、興奮して叫びました。

青年は、すぐさま湖の精が人間の娘ではなく、
この世ならぬ不思議な存在にちがいないと思いました。
「ねぇ・・・あなたの風の音を
　美しい風の音を聴かせて・・・」
湖の精は、うっとりと呟きました。
青年は、この不可思議な美しい娘の眼差しに引き込まれる
ように、ヴァイオリンを再びかまえました。

（風の音に、風の音に・・・
　近づいたんだ・・・この娘の言うように！）
まぶたを閉じて弾く青年の目に娘の姿がはっきりと映ります。
娘は、少し小首を傾け、しきりに真っ白な無垢な腕を伸ば
して招いておりました。
その楽しげな様子にも、一抹の憂いを察し、青年は、

むしろ惹かれるように湖面に足を下ろしました。
体は、もはや空気と同じ軽さで、残照を落としたような湖面を、一歩、また一歩と進んでゆきました。

青年は、これまで幾度となくしてきた演奏会にこれほど心に満ちるものがあっただろうかと、思いました。
いえ、確かに、大きな割れるほどの拍手、
体をうずめるほどの花束の山・・・
そんな祝福に満たされたことはあったでしょう。
しかし、今、大きな波のうねりとなって押し寄せているのは、
体も、魂も突き抜ける幸福感でした。

それは、魂の旅人が、世界と和解し、
自らの故郷を見いだした一瞬だったのかもしれません。

　ヴァイオリンは、もう要らない・・・

青年は、微笑みました。
いっそ、このたとえようもない美しい娘とともに、
風になりたいと願いながら・・・

すると、その透明な感覚が体全体を包み、
青年は天空を舞いました。
それも、白い翼を広げ、大空を自由に
飛んでいるではありませんか。
優美に風に乗るその白鳥を追いかけ、湖の精も、
一羽のたおやかな白鳥になりました。

君が悲しそうなのは、
あの倒れている木々のためなんだね。
みんな、君の友だちなんだね。

死んだ木も、生きている木も、みんな・・・
可哀想に・・・あの木々は
とても希望に満ちて、強かった
ただ静かにいのちがうつろってゆくだけと
知っているから

・・・どの木もみんな

そうして、ぼくたちも・・・？

季節は、永遠にめぐる
風のように・・・

そう、思い出してみよう
あの風のうたを
ぼくたちがうたったあのうたを

すべては、永遠のいつくしみ

まるで祝祭が始まるような緋色の秋。
二羽の白鳥は、湖を渡り、
遠く空のかなたへ飛び立ってゆきました。

湖岸のヴァイオリンは、じっと動かずに、
何も語りませんでした。

翌春、大きな観光道路が開通しました。
その道をいまも風は流れ、うたいます。
青年と湖の精を懐かしむように・・・

そうして、とうとうその夜、風はこれまでに聴いたこともないような、妙なる音色を耳にしました。

風が、もしも涙を流せたら、泣いていたことでしょう。
悲しいからではありません。
なぜか、それは遠い、遠い太古のむかし、天空にいつも流れ、
こだまする懐かしい子守唄のように聞こえたからでした。

絶えて久しい天空のうたが、静かに風を震わせました。

あのヴァイオリンの名手の音色が
ふたたび湖岸に蘇ったのでした。
もはや迷いもなく、
それは、この世のものとも思われないほど精妙な美しさを
たたえておりました。
太古の天空から限りないいつくしみと
歓喜の音符が溢れ、
大地の、海の、空の、すべてのいのちを祝福するように

とうとうと、湧きだしてゆきます。
風が鳴り、サビタの花が天空の精霊に向かって、
笑いました。

天空では、星灯りを縫うように、
ゆっくりと、湖の精が泳いでおります。

しなやかな腰から下は、きらきらとした銀色の鱗で覆われ、
天空を爽風のように渡る妙なる恋うたに合わせて、
ゆらゆらと尾の先を上に下へと動かすのでした。

ふしぎ森のものがたり

ふしぎ森のものがたり

濃いみどりに混じって、ほんの少し赤や黄に染まりかけた木々の葉影から、木漏れ日が差し込んでいます。
木の根がごつごつと這う地面に、小さな赤いきのこが、その淡い光を浴びて、花のように並んでいました。

風がゆらりゆらりと吹きます。
その気持ちのいい風のゆらめきをこわすように、名も知れない紫色の蝶が、バタバタと忙しそうに飛んできました。

少女は、思わずその美しい蝶を見上げました。

「きれいな紫のちょうちょさん、

そんなにあわてて、どこへ行くの？」

少女は、わくわくしながら、言いました。

なぜだか、この蝶が、どこか楽しいところへ連れて行ってくれそうな気がしたからです。

「カーニバルがあるのさ！」

蝶が、かん高い声でそこら中にふれ回るように言いました。

りすが、高い木から滑るように降りてきます。

子ぎつねが、うきうきしながら、走り抜けます。

黒うさぎが、跳ね回りました。

鳥たちは騒がしくさえずり、木々の間を飛んでゆきました。

今夜は、夏の女王が森を去って、新しく秋の女王がやって来る日でした。
「カーニバル？」
「そう、カーニバルだよ。ふしぎ森のカーニバルだよ。
あんたも、おいでよ！」
「だけど、あんたは誰だい？見たことないなぁ。
手が二本で、足が二本で、立っている！
ことによると、女王さま？　いや、女王さまは、
こんなところを歩いているわけがない。
いや、ことによると、あんたは、森の汚し屋だな？
うん、ちがうかい？」
蝶は、ひとりぶつぶつと言いました。
少女は、おかしそうに笑いながら、おかっぱの毛を後ろに
掻きあげました。

居合わせた動物たちも、物珍しそうに少女を見つめていましたが、黒うさぎが、口を出しました。

「何だっていいじゃないの。

ふしぎ森にいれば、仲間だわ！」

「ここは、ふしぎ森って言うのね。あたし、わからないの。自分が誰なのか、どうしてここにいるのか、ってことがね。全然、思い出せないの」

蝶は、その言葉を全部聞き終わらないうちに、あわただしく飛んでゆきました。

蝶が飛び去ってしまうと、今しがた賑やかに飛び出してきた動物たちも、みんないなくなってしまいました。

少女は、仕方なく、深い森をまた歩き出しました。

やがて日が陰り出し、森を残照が突き抜けます。
そのとき、山ぶどうの葉が、ざわざわと動き出しました。
少女は興味深げにその音の主を見定めようと、足を止めました。
すると、ひとりの若いきつねが出て来て、
少女を上から下まで不思議そうに見つめました。

「あなたは、だあれ？　女王さまの国から来たの？」

「困った質問だわ、それって。

あたし、女王さまの国の人じゃないわ！」

「じゃぁ、だれ？」

「それが、あたしにもわからない。気がついたら、ここにいるのよ。でも、何も覚えていないの・・・」

少女は、ため息をつきました。

若いきつねは、その深いため息に、あわてて言葉を捜しました。
「いいのよ。全然かまわないわ。
ここにいたいだけいて」
姿に似ず、意外にも大人びたその口調に
少女は、思わずほほえみました。
「さぁ、今度は、あたしが聞く番ね。
きつねさん、お名前は?」
「あたしは、りん。幼なじみのチロって男の子を待って
いるの。秋の女王さまの来る夜に、一緒になろうねって
約束したの」
「へぇ。ということは、今夜、結婚式?!」
「月が昇るころ、ここで会うのよ・・・」

りんは、夢みごこちで言いました。

少女は、このふしぎ森を抜け出すよりも、そんなりんの恋人にどうしても会ってみたくなるのでした。

ところが、日が沈み、カンテラのような月が森の小道を照らし始めても、恋人はやって来ません。

「場所を間違えたのかもしれないわ・・・」

少女は、なんとか言葉を探して、なぐさめました。

「カーニバルの夜、ぼくたちは結婚するんだ！

それまでに、ぼくは大きくて強いきつねになってもどってくるよ。

チロはそう言って行ってしまったの・・・」

りんは、チロの言葉の一つひとつを思い出すように繰り返

しました。
すると、知らず知らず、りんの目から涙がこぼれました。
その涙は、いくつも頬をつたうと、
真珠色したまるい小さな宝石になりました。
道に落ちると、月の光にきらきらと光りました。

「まぁ、なんてきれいなの！」

少女の言葉と同時に、りんはその宝石をひと粒
拾いました。それは、月の光にきらめいて、
小さな金色の輪をつけました。

「ほら！お月さまの贈り物よ。きっと、婚約指輪だわ！」

少女は、はずむ声でりんを励ましました。
その声に元気づけられるように、
りんは、おずおずとその指輪をはめました。

しかし、晴れた天空に星がいくつも瞬き出しても、チロは、現れませんでした。

「カーニバルに行ったら、会えるかもしれないわ」

少女は、りんの手を握りました。

少女とりんは、月の光の降り注ぐ小道をずんずん歩いてゆきました。

途中でおしゃべりなきつつきのおばあさんに会いました。

「おや、元気のないこと！今夜はカーニバルだよ。さぁさ！行った、行った！ほら、ここらの森にはだれもいない。いや、あのきつねをのぞいてだけれどもね。おまえさんたちと同じように妙に落ち込んでいたんだよ。カーニバルに行くのかと思ったら、どんどん違う方に行ってしまった」

りんの目が一瞬、輝きました。

「どっちの方に行ったの？　そのきつね」

「そっち、そっち！」

きつつきのおばあさんが面倒くさそうに指さしました。

「やっぱり、崖に行ったんだわ！」

りんは、思わず駆け出しました。

あの崖に違いなかった。幼い日、だれも近づいてはいけないと言われたあの崖に。

降りて行って帰って来たものはいないと言い伝えられてきた伝説の崖に。

りんは急ぎました。

幼いころの記憶をたよりに森の奥の奥をめざして。

そこでチロとりんは、結婚の約束をしたのですから。


「きっとどちらかが、会う場所を間違えたんだ。

でも、ここなら会えると思ったよ！」

チロは、ふしぎ森の果ての崖っぷちに佇んでいました。

りんが駆け寄ると、チロはひと回りもふた回りも大きくなった若々しい腕を伸ばし、りんをつかまえました。

「むかし、ぼくがこの下に行こうとしたら、君は止めた・・・いまも止める？」

「いまは・・・一緒に行くわ」

「怖くないんだね」

「わたしも、一緒に見たいわ。この森の果ての秘密を！」

りんは、チロの頬に自分の頬を重ねました。

そばには、月の光に映えてか、サビタの白い花がこころなしか青ざめた輝きを放っていました。

少女が息を切らせて、この花の前に着いた時には、りんも、チロの後を追って、崖の闇を降り始めようとしていました。

「どこへ行くの？」

「チロも一緒よ。すぐに戻るわ。心配しないで！」

そう言うなり、りんは、崖を覆っている葉の影のなかに吸い込まれるように入っていきました。

少女は、ジーンズの膝を折って、崖下を覗き込みました。うっそうとした葉の下は、夜の闇をすっぽりとかかえこんだ不可思議な穴のような気がしました。たった今話していたりんの姿はもう影も形もありません。

「あたしは、どうしてここにいるのかしら？
　あたしは、何者？」

ふたたび、少女は、我に帰って、思い出すことのできない自分自身への謎が心によみがえってきました。その問いかけは、深く暗い穴の中へ無限に落ちてゆくようでした。

天を見上げると、月の光がこぼれるように降りてきました。それは、金色の川のように流れ、少女の前で崖下に続く道になりました。

少女は、その光の中にいのちが生まれる前からずっと存在し続けるある静けさを感じました。そして、始めもなく終わりもない、ただ在り続けるよろこびという存在を。それは、宇宙の深みからいきなり目を覚ました眠れる川だったのかもしれません。

「サイレントリバー・・・静寂の川！」

少女は、自分のひらめきにちょっと満足したように、そう呼びました。

「わっ、すっごい夜景！」

金色の道をどんどん下がってゆくと、鮮やかな街の灯が夜空のふもとに浮かび上がってきました。

「でも、こんなところ、来た覚えはないわ。
　ああ、思い出せない」

下界は、四車線の大きな道路が通っていました。

ライトアップした車が、次から次へと走り去ってゆきます。

金色の道が消え、少女は、その道の端に降り立ちました。

チロやりんはもちろん、動物のいる気配はありません。

それとも、猛烈なスピードで走る車に飛ばされてしまったのでしょうか。

少女は、少し身震いしながら、何気なく上を見上げました。

たった今のいままで森はあったはずです。

しかし、そこには植林されたらしい林を背景に夕日のような灯をともした建物が、ぼうっと浮かんでいました。

そこへ続く道を暗闇の中で見つけると、少女は魔法にかかったように登ってゆきました。

車が一台、二台と通り過ぎてゆきます。

頂上には、おとぎ話に出てくるような丸太組みの建物が建っていました。

入り口のランプの灯に「森のめぐみの伝道屋～～ふしぎ森リストランテ」という看板が照らし出されていました。

扉を開けると、バターのたっぷり入ったシチューのいい匂いが漂っていました。

「いらっしゃい」

抜けるように色の白い女主人が、少女を出迎えました。

まるで少女が来るのを知っていたかのように。

店に入るとすぐに、少女は、誰かに見られているような気がしました。

ふと横を向くと、本物と見間違うばかりの森の広場に集うぬいぐるみの動物たちが、目に飛び込んできました。

「今夜その森でカーニバルがあるのよ。

ほら、動物たちが、集まっているでしょう?

もうすぐ、夏の女王さまと秋の女王さまがバトンタッチするお祭りが始まるのよ」

少女は、一瞬声を失いました。

それから、きつねの恋人たちを探しましたが、見当たりません。すると、女主人は、

少女の心を見透かすように言いました。

「そうそう、窓辺をごらんなさい。きつねのカップルが、

仲良く寄り添っているでしょう？」

なるほど本物そっくりに見える白いサビタの花の前で、二匹のきつねが仲良く座っています。

「これは、さっきの場所だわ！」

少女は、魔法使いを見るような目つきで、美しい女主人を見つめました。

「これ、全部あなたが作ったの？」

女主人は、にこやかにうなずきました。

「でも、残念ながら、もうすぐこのお店は閉店するのよ。

高速道路がここを通ることになってね。

でも、その前に竜巻でやられるかもしれないわ」

「あのふしぎ森も？　ふしぎ森も高速道路に？

　その前にタツマキ？」

少女は、どこまでが現実なのか、わけが分からないままに問い返しました。

「でもね、希望ってあるものよ」

女主人は、また謎めいた言葉を投げかけました。

と、その時、少女は、一輪の金色のサビタの花をみつけました。それは、ちょうど、チロとりんが下っていった崖から少し離れた、別の崖っぷちにいかにも凛として咲いていました。

「ふしぎ森は、大丈夫なの？」

少女の真剣なまなざしに女主人は、悪戯っぽく笑いました。

「だから、希望よ。

このお店はね、別の素敵なところに移るのよ」

（違う、違う！本物のふしぎ森のことよ！）

少女は、こころの中で呟きながら、

この店の森のことは、単なる偶然の一致なのかもしれないと、無理やり自分を納得させるのでした。

「あら、あら、うっかり！　おじょうさん、ご注文は？」

壁にメニューを書いた板がぶらさがっていました。

女主人はそれを指差しながら、思い出したように言いました。

すると、おかしなことに、少女は急にお腹がすいてきました。

「ふしぎ森シチューは、当店おすすめのオリジナルですよ。いかが？　さっきからいい匂いがしているでしょ？」

女主人は、シチューをかき混ぜながら、言いました。
少女は、とうとう我慢できずに注文してしまいました。
それでも、少女は、窓辺に座るきつねの人形を忘れずに見つめながら、あつあつのシチューを口にしました。

ところが、一口飲むと、その美味なことは舌がとろけるほどで、同時に不思議な感動が胸を包みます。始めもない、終わりもない、まぎれもないあの静けさとよろこびが胸に満ちてきます。金色の道に宿る同じあの感動が。

「森の恵みは、しあわせくれる。

「ふしぎ森のシチューを召し上がれ」

女主人は、きれいな透き通るようなソプラノを響かせました。

少女が森の恵みにたっぷりと満たされ、下に降りると、「ふしぎ森リストランテ」は、かけらも見えず、そこは、もとの森の風景に戻ってしまいました。

金色の道が、少女を待っていました。

それは、少女が今しがた味わったふしぎ森の恵みの余韻を道連れに、あのサビタの花の前に少女を導くなり、天空に跡かたもなく消えてゆきました。

ただ、天には、こうこうと月が輝いているだけでした。

それにしても、チロとりんのことが気にかかります。葉が、ざわめきました。何か、動物の手が伸びているようでした。少女は、とっさに膝をつき、腕を伸ばし、その手を握りました。少女の膝が地面の土や草をこすります。息を切らせた一匹のきつねが、崖の上に引きずられるように上がってきました。

「チロ？　でしょう？　探したのよ」

少女は、思わずチロを抱きしめました。チロは、まるい目を少女からすぐ崖下に移しました。

「りん！」

その声に応えるように、りんが何か叫んでいます。風が、どっと吹いて、枯れ草の匂いのする大きな波が立ちました。

葉が、虚空を舞い上がります。

すぐ後ろからついてきたはずのりんの姿がありません。

「そういう意味だったんだわ！

ここが、秋の女王さまの通り道だったのよ」

りんの声が、ざわめく葉の隙間から響いてきました。

「チロ！大丈夫？そこら中、枯れ葉になっていくわ！

チロ！カーニバルの日、ここを降りちゃいけなかったんじゃなかった？実のなる植物がみんな枯れるって、ふくろうのおじいさんが・・・。

秋の女王さまが通る夜は・・・・近寄るなと」

りんは、遠い記憶を呼びさましながら、つかまっている山ぶどうのつるが、みるみる枯れてゆくのを目の前にして、必死で声をふりしぼりました。

確かにりんは、小さいころに、ふくろうのおじいさんから伝説の崖の話を聞いたことがありました。しかし、それは、いつかおとぎ話のように記憶の片隅に追いやられてしまっていました。

一方、ふしぎ森の伝説は、そんなことはおかまいなしに、古くからの言い伝えとして、何となくみんなの心の中に棲み続けていたようです。それが証拠に、その崖にだれも近寄ることもなかったからです。

（伝説は、何もかもが本当だわ。チロといっしょに行って、それが分かったの。でも、もう戻れない・・・）

そう思うと、りんは、胸が張り裂けそうになりました。

さて、森のおきてを破ったことをとがめているのでしょうか。ぶどうのつるは、どこまでも枯れてゆきます。これでは、りんが登りきるまで、その重みを支えることなどできません。

その時、少女の体が動くよりも早く、チロが小さな石に足をかけながら、崖を降り始めました。

「りん！だまって！ぼくの手に、ぼくの手につかまるんだ！」

チロが、手を差し出した時、りんが手を伸ばしました。もう一方の手は、カサカサになって折れてしまいそうなぶどうのつるを握っています。その手に力を込めて、りんは、身をぐうっと伸ばしました。

「あっ！」

ボキッと乾いた音が鳴りました。つるが折れたのです。ところが、りんがその音を耳にした時、りんの指輪が、ふしぎなことに、まるで約束でもしていたかのように月の光に小さく煌めくと、、思いがけず眩い光彩を放ちました。その一瞬、りんは、自分の体がふわりと宙に浮いたように思いました。

これが、おそらくチロとりんが自らの運命の扉をともに開いた瞬間だったのかもしれません。

「チロ！」

そうして、りんの手は、しっかりと恋人の手にゆだねられました。

その夜は、静かに運命のときを刻みます。ふしぎ森にいのちを吹き込む季節の女王たちが訪れる、その夜。夏の女王が、たぐいまれな情熱といのちの原動力のすべてを降り注ぎ終わると、秋の女王が、豊穣の実りを分かち合う喜びを森に贈るのです。

少女は、チロとりんに連れられ、カーニバルの広場にやってきました。

月が、天の最高の高さまで昇りつめ、高らかに歌うように光を投げかけるころ、いよいよカーニバルもクライマックスを迎えていました。

月の光のしずくが、山ぶどうの葉で作られた二つの特製のワイングラスに落ちてゆきます。こぼれんばかりにいっぱいになると、夏の女王と秋の女王が、友情の契りにグラスを合わせ、その月のしずくを飲み干しました。

森中の動物たちが、たくさん集まっていました。

この神秘的な美しい光景にみな、手が痛くなるほど拍手をしています。

少女は、この様子を楽しげに見物していましたが、さっきからどうしても気になることがありました。

きらきらとした月の光で織り上げたレースを身にまとった秋の女王の顔に、なぜか、あの幻のレストランの女主人の面影がだぶってしまうからです。

女主人は、黒髪を後ろに束ね、一方、秋の女王は、枯れ葉色をした長い髪を波のようにうねらせている。服装も違って、印象も一見別人のように見えながら、その顔は、うり二つと言ってよいでしょう。

しかし、少女がどんなに見つめても、秋の女王は、固く秘密を守るように、自分があの女主人だなどとは口がさけても言いそうにありません。

優しく微笑み返すそのまなざしは、やはり他人のそら似だと、告げているのかもしれません。

鳴り止まない拍手の中、夏の女王は、七月と八月の陽光で織ったドレスの裾をひるがえし、別れの投げキッスを贈りました。

すると、その手の平から夏の森に咲いていたサビタの白い花びらが、あとから、あとからこぼれ出てきました。

地面は、一面花びらの絨毯のようになってしまいました。

夏の夜の終わり、動物たちは、この花びらを枕に眠ります。

夏の女王が、月の光の溢れ出す金色の道を帰ってゆくと、秋の女王は、豊かな森を祝福するように腕を左右に大きく伸ばし、天空の月を振り仰ぎました。

金色の光は、慈雨のように落ちてきました。その月の光のしずくをチロもりんもみな、口に含みました。

それは、天の恵みに感謝を捧げる儀式のようなものでした。

少女も手を伸ばし、一口すすりました。山ぶどうのように甘酸っぱく、芳しい森の匂いの漂う不思議な美酒を。

しばらくすると、恵みの雨が止みました。

森は、月の光のしずくを浴びて、艶やかに輝いていました。

美しい森の広場の片隅にチロとりんが、寄り添うように歩いてゆきました。そんなところまで、花の絨毯が敷き詰められています。

中央の華やかさから遠ざかり、りんが指輪をそっとはずし、チロの手に握らせました。

このしあわせのカーニバルの片隅でチロとりんは、たったふたりだけで結婚の契りを交わすつもりでした。

りんは、月の光でできている指輪を勇敢な若者に成長したチロにはめてもらうだけで十分だったのです。

ところが、そのふたりの前に、いつの間にか秋の女王が佇んでいました。驚くふたりを愉しそうに見つめています。

「あなたがたの愛が本物であることを願っていました。

さぁ、指輪を！」

その言葉に促され、チロは、りんの手を握りしめ、それから、指輪を、りんの涙から生まれた月の光の指輪をその指にはめるのでした。

「これで、あなた方ふたりは、永遠の絆で結ばれました」

秋の女王は、厳粛に、そして、いかにも嬉しそうにふたりを祝福しました。

少女は、少し離れたところでそっとその様子を見守っていました。

ふくろうのおじいさんが、木の上からホーホーと、とびきりいい喉を鳴らしました。
紫色の蝶も、初めて合点がいったように羽をバタバタさせました。森の木々も愉快そうにざわめきました。

（それにしても、秋の女王さまって、あの「リストランテ」の女主人とよく似ているわ。チロとりんだって、本当は、あのサビタの花の前のぬいぐるみの人形かもしれない。それに、なぜ女主人は、この森のカーニバルのことを知っていたのかしら？
ことによると、ここは、女主人の物語の世界？）

少女の胸は、むくむくと湧く疑問と好奇心でいっぱいになりました。

（でも、なぜか、あたしたち、みんなここでこうしてちゃんと生きているわ！　それも、こんなにすばらしく生き生きした本当の森で！　ことによると、こっちの方が本当の世界なのかしら？　あっちが夢で、こっちが本物）

ボーン、ボーン、ボーン・・・誰もいない「ふしぎ森リストランテ」の古い柱時計が12回鳴り響きました。そこにいるぬいぐるみの人形たちには聞こえたでしょうか？

ふいに秋の女王は、天の月を見上げました。
時は満ちて、月の光が、溢れるように流れだし、たちまち金色の道がつきました。

（サイレントリバーだわ！　夏の女王さまも秋の女王さまも、この川を帰ってゆくのね）

少女は、自分が命名した「サイレントリバー」をうっとりと眺め、嘆息しながら、秋の女王を一瞥しました。

秋の女王は、少女の心の中のつぶやきが聞こえたように微笑むと、ゆっくりと語り始めました。

「ここを去る時が来ました。わたくしも、あなたがたも。ここは、もうすぐ棲めなくなるのです」

秋の女王は、とても悲しそうな目をしました。

「森が壊され、いのちが消えてしまうからです。チロとりんなら知っているわね。

そして、あなたも・・・」

あなたも・・・それは、少女に向けられた言葉でした。

（これは、いったいどういうこと？　あたしも知っている？　レストランの女主人が言っていたあの立ち退きの話のこと？　やっぱり、秋の女王さまは、あの人だわ！）

「むかしからの言い伝えがあった・・・
風が、水が汚れ、土が、緑が消えはじめるところからは去れと・・・伝説の花が枯れるときが来たら、その森から去れと。まさか、いまがその時とは！」

ふくろうのおじいさんは、驚きを隠さずに言いました。

ひよどりが、ひときわ高い声で鳴きます。

「そう、近いうちに必ず・・・

　さぁ、わたくしについていらっしゃい！」

秋の女王は、はっきりとした口調で言いました。

しかし、誰もそんな突拍子のないことなど受け入れられません。しかも、これほど平和で、棲み慣れたいのちの森を離れるなど。


「みんな、ぼくの話を聴いてくれ！」

チロが思い切ったように口を開きました。

「ぼくは、崖を降りた・・・そして、別の崖に着いた。

そこにはいまにも枯れそうな金色のサビタの花が最後

のちからを振り絞って咲いていたんだ。

誰も近寄ってはいけないといわれていたその崖に行って、ぼくはその伝説の花を確かめてみたんだ」

「そして、それは、本当だった。そこに行くと、よろこびの花が咲いている、そんな伝説をみんなも知っているだろう？森のいのちに息吹を与え、咲き誇っているよろこびの花があるって。それは、本当だったんだよ！」

みんな、固唾をのんで聴きました。

「でも、その伝説の花は、もうすぐすっかり枯れてしまうんだ」

「あたしも見てきたわ！」

りんが叫びました。

「崖下の世界は、大きな見たこともない怪物が立っていて色とりどりの光が瞬いていた。その間を光る動物みたいなものがね、たくさん、たくさんものすごい速さで走っていたわ。その流れを見下ろしているうちに目が回ってきて、帰ろうとしたら、雲の渦みたいなものが現れて、それがだんだん大きくなって、道路を駆け抜けていったの。あっと言う間に、そこら中の怪物も、光る動物も、根こそぎ空に舞い上がってしまったわ」

りんは、興奮しながら、目の前で起きた恐ろしい事実を告

げました。
秋の女王は、静かにうなずきました。
少女の脳裏にネオンが流れる街の灯や、猛スピードで走り去る車の放列がよみがえりました。

「ぼくがまだ小さなころ、ふくろうのおじいさんから聞いていたんだ。伝説の花が枯れる時、森は終わると。それを避けることはできないと。ただ、その花が枯れていても、その種を持って森にもどるがいいと。だから、ぼくは、そうした。ぜったいにそうしなければ、永久に森のいのちが消えてしまうと思ったんだ。」

チロは、息をはずませて、一気に言いました。

「行きましょう！　若い英雄さんが持って来てくれたそ

の花の種を撒くために!新しい森をさがしに! みんなの未来は、この森を乗り超えなければ、出会えない。さぁ、未来を探しに・・・」

秋の女王がそう高らかに言い放つと、少女は、女主人が「希望ってあるものよ」と言ったことを思い出すのでした。

「いったいどこまで行くっていうの?あなたに何が分かるって?」

きつつきのおばあさんが口をはさみました。

「そうよ!それに第一あなたは、だれなの?」

紫色の蝶が、今度は、なぞの少女の方を向いてヒステリックに叫びました。

すると、きつつきのおばあさんも、やっかいな不安と対面するのを断固拒否して、何やら喋り続けていました。
りすや野ねずみも落ち着かなく動き回っています。

「あたしが、だれかですって？
迷子になった・・・
あたしは、・・・あたしよ」
「だから、だれ？　森の汚し屋さん！
あんたのようなわけのわかんない子が迷い込むから、
森が汚れて、花が枯れてしまうのさ」

紫色の蝶がまだ引っ込みません。
「そう、あたしは、あなたのようにきれいな紫の羽もないし、自分のこともわからないで、ここをさまよっているだけよ。でも、このあたしにも、この森のことばが聴こえるのよ。静けさとよろこびが伝わってくるわ。だから、わたしも、いっしょに、その花の種をまきたいの」

「静けさ？　よろこび？」

「そう、サイレントリバーなの。だから、この森の一部なの！」

「あんたは、サイレントリバーさんで、この森の仲間って意味？　オーケー！　よくわからないけれど、オーケーよ。でも、ここを出るなんて」

紫色の蝶は、相変わらずかん高い声で言いました。

「もしも、秋の女王さまが、あの女主人なら・・・あなたたちは、女主人の作ったぬいぐるみ。ああ、頭が混乱してくるわ。ともかく、ねぇ、みんな、いいこと?ここは、もうすぐ高速道路が突き抜けちゃうし、こわい竜巻がやってくるかもしれない。だから、早く脱出しなくちゃ」

少女は、早口に一気に言いました。

「つまり、これが、むかしからの言い伝えというわけじゃやな」

ふくろうのおじいさんが天を見上げながら重い口を開きました。

秋の女王が、金色の道を昇り始めました。

チロとりんが続きます。

そして、少女も。

その後には、誰もついてこないのでしょうか。

いいえ。動物たちが、のろのろとゆっくりと向かってきます。金色の道は、星空を仰ぎ、川のように流れていました。その道は、始めもない、終わりもない一筋の光であり、宇宙の深い静けさと平和な安らぎ、そしてよろこびに満ちていました。

少女は、ひとり呟きました。

「それにしても、なんて静かなんだろう。あたしが、誰かなんて、ちっぽけな問題だわ。あたしは、確かによろこびの花を咲かせるために、歩いているんだもの」

ふしぎ森の月が導く金色の道に宿る朗々たる静寂。この中にすべての答えがあるのかもしれません。永遠の旅人たちが、迷い、苦しみ、道草し、いつか本物の

喜びの花を咲かせるために、倦むことも、あきらめることもなく、淡々と、平然と、そして勇敢に優しく歩き続けるのだと・・・

少女は、朝日の眩しさに目を開けました。
どうやら、何も描けなかった真っ白いキャンバスの前で眠ってしまったようでした。
一年先輩の自称「恋人」くんが、となりのソファーで無邪気な寝息を立てて寝ています。
少女は、くすりと笑いました、この恋人くんが、チロかもしれない。そう思うと、何だか無性におかしくて、永久に笑いと涙が止まらなくなりそうになりながら、思わず恋人くんの手を握りしめるのでした。

窓を開けると、さわやかな秋の風が吹き抜けます。

すると、一枚の紙がふわりと窓辺に止まりました。

「ふしぎ森リストランテ、閉店のお知らせ」

そんな文字が少女の目に入るや、その紙は役目を終えたようにまた風に乗って、どこかへ飛んでいってしまいました。

illustration by Kuniaki Nakamura

幸せ配達屋さん

幸せ配達屋さん

どこまでも続く青い空を、
のんびり、ゆったりと、白い雲が流れています。
ちょうどその男の人のように。

男の人は帽子を深くかぶり、
伸びた髪が帽子のふちから、野原の草のように
あちこちとのぞいていました。

どこまでも続く道を歩き、
その果てに広大無辺の宇宙という海原が広がっている。
まちからまちへ、
男の人は、ただ人々に会うために旅をしていました。

男の人が通ったまちには、
いつも不思議なうわさが残りました。

「幸せを売る旅人さんが来ると、
いつも大きな虹がたくさん出るんだよ」

「幸せを売る旅人さんが来ると、
貧しい人がお金持ちになって、
お金をばらまくんだよ」

「幸せを売る旅人さんが来ると、
不治の病の人が治って、
ぴんぴん飛び跳ねるんだよ」

そして、それと同時に、
心ない人々によって悪いうわさもたてられました。

「幸せを売る男だって？
だいたい、どこの馬の骨とも分からんやつが来て
幸せなんて押し売りしやがって！」

「みんなから、食べ物をもらって、腹を満たしている。
夜は、ホームレスと一緒に寝泊まりだ。
やつは、どこのだれだか正体不明の詐欺師さ」

男の人は、どんなに酷いことを言われても、
まったく意に介していないようでした。
何を言われようと、そんなことはどうでもいいことでした。
荷物は、あまり大きくないボストンバックが一つだけ。
その中に、小さな虹色の紙が無数に入っていました。

その小さな紙を、
男の人は、欲しい人にいくらでも分けてあげました。
お金をとるつもりなど毛頭ありませんでした。
ところが、人々は、それでは納得をしません。
ある人は、わずかでもお金を包んでお礼をしたり、
また、食事を差し出す人もいました。
男の人には、こだわりもありませんので、その人々の厚意を無駄にしない程度に受け取っていました。

山々に大きなオレンジ色の太陽が沈むころ、
男の人の歩も、しだいにゆるやかになっていきました。
日が沈む前に目的のまちにつきそうなのが何よりでした。

まちのお弁当屋さんで男の人は、たくさんおにぎりを買いました。
それを持って、いったいどこへいくのでしょうか。

男の人は、駅の近くの公園の方へ、
今度は足早に歩いてゆきました。
そこには、幾つもテントが張られており、

中には、くたびれた男の人たちが、
行くあてもなくじっとしているのでした。
そこは、ホームレスになった人たちの
希望のない侘しいたまり場だったのです。

旅人が、テントを開けると、
古い新聞をかぶって寝ている人や、
黙って煙草をくゆらせ、物思いに沈んでいる人が
目に飛び込んできました。

「こんばんは」
旅人は、小さいけれど、明るい声で言いました。
新聞をかぶって寝ている男も、煙草を吸っている男も、その声にまるで反応しようともせず、知らん顔をしています。

しかし、旅人は、その様子にも無頓着に、何度も声を掛けました。

すると、新聞を振り払うように起き上がった男が、

「何の用だ」と、うさんくさいものを見るように答えました。

「あなたたちとお話がしたいのです。

どうです？　いっしょに握り飯でも食べながら・・・」

それまで知らん顔をしていた男も、

旅人の方をじっとみつめています。

よほどお腹が空いていたのでしょう。

旅人が差し出すおにぎりを乱暴に受け取ると、

そのまま、むさぼるように口に入れました。

「ビールもつまみもありますよ」

旅人が、にこにこしながら、缶ビールと、さきいかの袋を
古い頑丈そうな鞄から出しました。

しかし、新聞をかぶっていた男の方は、一向に心を開かず、
あいかわらずうさんくさそうに旅人を一瞥しただけで、
再び、ごろりと横になってしまいました。

一方の男は、すっかりくつろいで、
ビールを飲み、煙草を吸っていました。
男は、旅人と話すうちに、
心の中のもやもやとした霧が晴れていくような
不思議な希望を感じていたのです。
旅人は、別れる時に、虹色の紙を男たちに手渡し、

「虹が出たら、

ここに書いてある小さなことばを言ってごらん」

と、小声でささやきました。

旅人は、ほかのテントも同じように回り、最後に虹色の紙を手渡し、金星が空高くなったころに、ようやくテントを後にしました。

次の日も次の日も、旅人は、この公園を訪れました。あの新聞をかぶって寝ていた男のことが気になっていたからでした。

どうやら、男は、病気らしく、
自分の命が尽きようとしていると思っているようでした。
実際、すっかり体力が落ちて、
起き上がるのもおっくうになっていました。
それでも、旅人が入ってきて、いろいろ声をかけると、
やはりうさんくさそうに、じろりと目を向けました。

「お前は、おれのことがどこまで分かるのか？
おれは、お前なんぞの言うことなんか信じねぇ。
どうせ、おためごかしのにせものよ。
おれの目をごまかせるとでも思うのか」

喘ぎながら、男は、言いました。

旅人は、静かな眼差しを男に注ぎ、手を取りました。

「あなたは一生懸命に築き上げてきた
地位も名誉も財産も、根こそぎ奪われた。
騙されて、酷い目にあったのは、知っている。
しかも、あなたは、病気だ。
おそらくもう助からないだろう。
私のことも信じられないだろう。
いいんだよ、それでも。
私は、詐欺師なんだろうから」

「オレは、何も信じない。
そんな紙キレ一枚で救われるだと？
いいか、おれは、もう死ぬんだ。放っといてくれ」

「分かった。だが、よく聞いてくれ。

私も、あなたと同じように何も持っていないんだ。
それでも、私は、この世の中で一番裕福で、
幸せものさ。なぜだと思う？

どうせ、死んでしまうのだろうから、
最後だと思ってよく聞くのだ。
もうすぐ、虹が出る。
あなたのために、虹が出る」

男は、もう悪態をつく気力もなく、
ただ黙って旅人をにらみつけていました。

「いいかい？　虹が出るのは、ほんのわずかな時だ。
その時を逃してはいけないよ。
その一瞬を逃してはいけないよ」

旅人は、もう一度虹色の紙を男の手のひらに握らせ、
哀しそうに男を見つめ続けました。
それから、旅人は、テントを開け放ったまま、
静かに、去っていきました。

沈む前の太陽が、
美しいたそがれのドラマを空に繰り広げていました。
再び、大きな夕映えの空をとうとうと流れる雲が、
旅人の目の前をよぎりました。
旅人の目は、そのままその空を凝視しているようでした。

その目の先に、天と地の懸け橋のように、
大きな虹が淡く輝いていました。

命の尽きかけた男の目にも、
開け放たれたテントの外の大きな空に
その虹が、見えました。

「いいかい？　虹が出るのは、ほんのわずかな時だ。
その時を逃してはいけないよ。
その一瞬を逃してはいけないよ」

旅人の言葉が、男の胸に小さな小川のように流れてきます。

男は、分かっていました。

もう自分が死んでしまうことを。
それでも、ふと、旅人の言葉が頭をよぎると、
決して口に出して言おうなどと思わなかった虹色の紙のこ
とばをつぶやいたのです。
最後の力をふりしぼって。

男の目には、涙が光っていました。
一瞬の淡い光芒の中に、
旅人への感謝の心を虹色の紙の言葉にたくして、
歌うようにつぶやいたのでした。
男は、旅人が置いていったそのことばを、
実はすっかり覚えていました。
絶望に支配された心の奥の奥に、ろうそくの光のように消
え入りそうな望みがあったのでしょう。

すでに虹は、消えかかっていました。
男も、静かに目を閉じました。
それは、旅人に向けていた時の表情とは
似ても似つかない。
何にも執着しないものだけに備わる
ある美しさに満ちていました。

男は、眠っているように、安らかに横たわっていました。

開け放ったままのテントから、明けの明星が見えるころ、
男は、不思議な面持ちで閉じられていた目を開け、
その一筋の光を見つめました。
そうして、気付いたのです。

死んでいたはずの自分が、静かにゆっくりと
呼吸を繰り返していることを。

何も信じることのできなかった心の中には、
静かな平和と希望が溢れていることを。

そして、
初めから、失うものなど
何一つ、なかったのだということを。

そのころ、旅人も、
白み始めた空の一番明るい星をみつめて

いました。

さて、ものがたりの終わりに、
もうひとつだけ・・・

生き返った男のかたわらには、
懐かしい一人の女の人が、安堵の吐息をついて、
静かに座っているのでした。

金色の星と青い星

金色の星と青い星

どれくらい遠くにあるものか、
それは、定かではありませんでした。
はるか向こうの宇宙のかた隅に、
青い星がりんと輝いておりました。

その星には、光が差し、昼と夜がありました。
昼の光に満たされると、星は、漆黒の闇に美しい青い光を
放つのです。

そこで、その星よりも何百倍も小さな星に住んでいる人が言いました。
あんな風に青く輝いているのは、きっときれいな水をたっぷりとたたえているためだろうと。

その通り、青い星には、大きな海原がどこまでも広がり、陸地には、いつも新鮮な緑が繁茂しておりました。
そして、その間を縫うように大きな河がいくつも流れておりました。

それから、どれくらいの年月が経ったものでしょうか。
小さな星の人がふと、天空を見上げると、
その青い星がぱっと明るく燃えるように輝いたかと思うと、どんどん暗くなっていくのに気づきました。

小さな星には、この上なく美しい金色の
たんぽぽがたくさん咲いておりました、
それ以外のものは、探しても何もありません。
ただその人がたったひとりいるだけです。

その星は、金色のタンポポでいつもキラキラと輝いており
ましたが、
小さな星の人は、夜になると、
自分の星にはない青い大きな輝きを眺めては、
その星に見とれておりました。

ところが、いつのころからか、青い星の輝きが鈍くなり、
どんどん暗くなってゆきました。
それは、一瞬、何億もの花火の閃光のように大きな光が
ぱっと星全体を覆ったかと思うと、

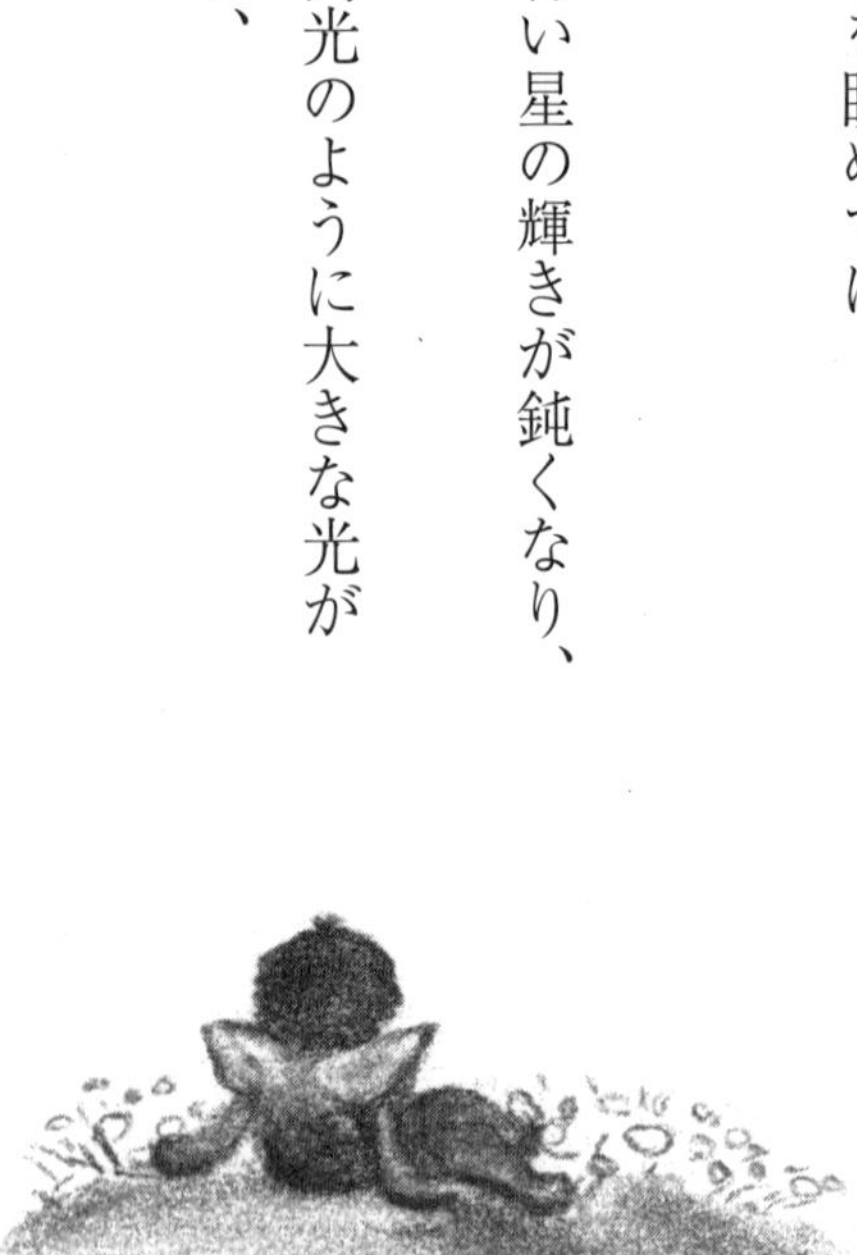

その運命をどんなものも変えることができない
絶対的な力が君臨して、
星全体が、あっと言う間にどんよりとした
暗い雲に覆われてしまったかのように思われました。

そして、とうとう灰色の星になってしまいました。
もう、どんな光もその中には入っていかないのかと思うと、
小さな星の人は、何だか寂しい気持ちになりました。

この金色のタンポポの光も、今はもう
青い星には届かないのですから。
闇夜を照らし、迷える舟を誘う道しるべの、
その宇宙の灯火は。

青い星は、宇宙の難破船のように、なす術もなく、

呆然と虚空に浮かんでおりました。
明るい昼の光は絶えてなく、
ただ夜の闇だけが支配しておりました。

闇の世界は、荒涼とした氷が覆い尽くしてしまい、
暖かい大地のぬくもりも、むせるような緑の匂いもとうに
消え失せておりました。

その思い出の宝庫は、ぴしゃりと冷たい扉を締められ、
もう誰もそれに触れられないかのように、
二度と開けることができないのかもしれません。

もし、誰かがこじ開けて、かつての幸福の大地の祝祭を再び蘇らせても、人々は、どれだけ辛抱強く見守ることができることでしょうか。

しかも青い星には、もはやその祝祭を取り戻すだけの力はかけらも残っておりませんでした。

それは、戦争で炸裂した核に星全部が覆い尽くされてしまったからです。

その星は、幾億光年分かの汚れた塵を携えたまま、いったいどこへ行けば、もとのような美しい緑と透明な水をたたえるというのでしょうか。


そんな星のなれの果てを、金色の星の人は、哀れに思い、こころをいためていました。

あれほど光の失せた星には、何か恐ろしいことが起きたにちがいない。もしや、二度と思い出したくもない核戦争が起きたのだろうか。想像をめぐらせば、きりがありませんでした。

輝くタンポポの星の人は、毎日天空を見上げ、少しでもあのどんよりした雲が晴れるように祈るのでした。

それから、どれくらい経ったものか、誰にもわかりませんでした。
ただ、そのとき、荒涼とした凍える星に小さな異変が起きておりました。
分厚い雲が、ほんの少し薄くなって来たように見えます。
それは、あるいは金色の星の人の気のせいだったのかもしれません。

かつて青い星は、水の惑星と言われ、あらゆるいのちの溢れるところでした。
気の遠くなるほどの時をかけて、進化し続け、人が現れたとき、青い星がどんなに喜んだか測り知れません。
その青い星の女神は、幾千、幾万もの子をはらんで、育て、いつくしみました。

しかし、人は、もっともらしい理由をつけては欲望のままにわがままを通し、青い星の女神のこころを引き裂き、次第にむしばんでゆくのでした。

ときが過ぎるにつれて、
緑の大地は、砂だらけの砂漠になり、
森という森も消えてゆくばかりになりました。
海も、人が作ったもののために汚れ、そこに棲む魚たちも、

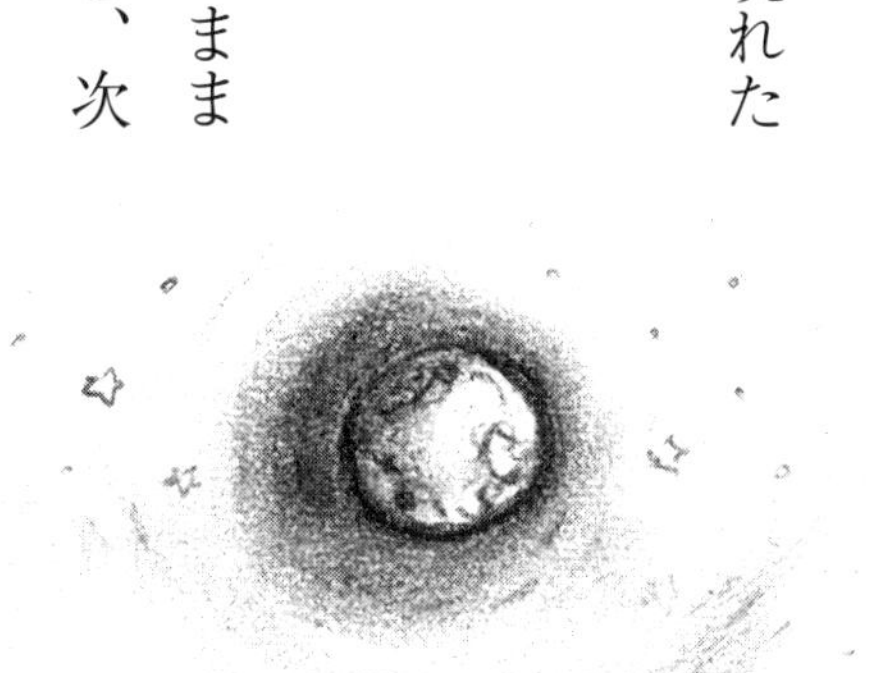

ついには病気になってしまいました。


それなのに、戦争は、止むことなく続きました。

終わりのときが来るまで、人々は、互いに争いを止めませんでした。


青い星の女神は、嘆きの涙を星中に流し、その嗚咽は大地を、海を震わせました。


政治家たちは、戦争が大好きでした。

しかし、人々は、正直なところ、
本当はどうして戦うのか、分かりませんでした。

誰かが戦いを始めると、どうにも、収集がつかなくなってしまうというのが、本当のところでした。

敵の国への憎しみも、誰かが作ったものでした。

人々は、こころの深いところで、

その国にも自分たちとそう違わない人々が、愛し合い、
子供を生み育て、苦労して働き、
暮らしているということを知っておりましたから。

ですが、いざ戦争となって、進軍ラッパが鳴り響くと、
人々は、何も考えられなくなり、その勇敢な音の鳴る方に
向かっていってしまうのです。

人々には、なぜそうするのか、やっぱり本当には分かって
おりませんでした。
政府が志願兵には学費を出すからだと言っても、
それが戦う理由にはなっておりません。
兵士たちはこころの奥深くでは、それは何となく分かって
いたのです。

それに、本当に兵士たちが無事に戻ってこられるという保証もありません。

とはいえ、若者たちが、自国だけを愛するようにしっかり洗脳され、しかも、貧しく、ほかにこれといって希望もなければ、そんな風に戦いに行ってしまうのも、世間では、とりたてて不思議なことではありませんでした。

こうして、国と国はいつまでも、いつまでも争い続け、一方、同じ国の中でも、人々は、男も女も、互いに争いの種を撒きちらすことを止めませんでした。

憎しみは、一度その芽を出すと、その本性を露にし、摘んでも摘んでも、容易に消えてくれなくなるせいかもしれません。

そして、とうとう憎しみの種が青い星のあちこちに、
鋭い刺のようにはびこるようになると、青い星の女神は、
それでなくとも力を失っていたので、
その息はみるみるか細くなってゆきました。

それが、たとえ青い星の息の根を止めることになっても、
人々は、争いを止めませんでした。
青い星が一瞬のうちに「ヒロシマ」と化すまで、人々は、
争いを止めませんでした。虫一匹動かなくなるまで。

そうです。
人々は、だれもが正しいのは自分の方だと、
信じて疑わなかったのですから。
だれもが、美しいこころの持ち主は自分の方だと、

信じて疑わなかったのですから。
青い星は、美しくて正しいこころの持ち主たちの
「憎しみ」の種で埋め尽くされ、
ついには光のない闇の星になってしまいました。

それは長い、長い闇が続いたのでした。
しかし、氷に覆われた凍える星も、気の遠くなるほど長い
その眠りから目覚めようとしていたことに、誰が気づいた
ことでしょう。

どこからともなくやってくる仄かな灯火のような温かさに、星は、ぶるるると小刻みに体を震わせました。
そうすると、厚い氷がほんの少し薄くなってゆきます。

消え入りそうなマッチの炎のようなぬくもりにも、
たった一粒の種が、芽を出そうともがき始めます。
凍える大地からたった一粒の種が、
長い時を融かし、青白く弱々しい芽を伸ばし始めるのです。

それは、あまりにささやかであっても、
何と大きないのちの力をみなぎらせるものであるのか、
その種にはまだ分かりませんでした。
ほんの少し分かったことがあるとすれば、それは、
自分のからだをぐんと伸ばすと、
その瞬間に大地がしゅわっと溶けることでした。

ここちよい空間ができると、そこにまた、
あたたかいぬくもりが生まれてゆきました。
少しずつ、大地の様子が変わってゆくようです。

たった一粒の種が、芽を出しただけなのに、
そのぬくもりが氷を溶かし、
また一つ、種がごそごそと動き出してゆきます。

すると、その種が、別の種に、
か細いマッチの灯りのようなぬくもりを伝えます。
そうやって、何千、何万、何億の種が、
小さな消え入りそうな芽を伸ばし始めたのでした。

音もなく、静かに、静かに一粒の種が、次々と芽を出して
ゆきました。

だから、誰も気づきませんでした。
いいえ、その青い星には、誰一人いなかったのですが、
青い星の女神も、氷れる眠りについていましたので、そん
なことは、知るよしもありません。

ところが、いつのまにか、青い星を凍えさせていた
厚い氷が、消えてなくなっていたのです。

天空の分厚い雲のすき間からは
レースのカーテンのような光が降り注いでいます。
そうして暗黒の星に光が届けられるようになると、
その隠れていた大地が露な姿を現し始めました。

そこでは、かつて、人々が愛し合い、憎しみ合いながら、喜びと絶望の振幅の中で日々の暮らしを送っていたに違いありません。
核が炸裂する、その一瞬までは。

光がよみがえり始めた星に、
いったいどんな言葉が生まれることでしょう。
かつての惨状をどんな表現で言い表すことができるのでしょうか。

例えば、街のくずおれたビルのなかでは、人々は、かつて、事務机に座り、電話を取り、忙しく仕事をしていたことでしょう。
そのビルの前の道路には、
かつて、車が走っていたことでしょう。
その中には運転していた男の人か女の人が乗っております。
小さな子どもが後ろの座席に座っていたようです。

ある街の郊外には、跡形もない家の前庭に、
ぼろぼろの三輪車がありました。
そこには小さな子どもがおおいかぶさるように、またがっております。
お母さんはどこにいるのでしょうか。
きっと、近くのスーパーに夕ごはんの買い物にでも行っていたのでしょうか。

そこは、喫茶店の中だったに違いありません。
ふたりの若い恋人が胸をときめかせて、
語り合っていたはずです。
ふたりにコーヒーを運んで来たにちがいない人も、
その傍らに倒れておりました。

演奏会をした会場では、かつて、観客が、
モーツアルトの楽曲に聞き惚れ、
瞑想したまま、あるいは、リズムを取りながら、
椅子にもたれていたことでしょう。
バイオリンもチェロも、ビオラも、その奏者の手にしっかりと握られておりました。もしも跡形が残っていたのなら。

さて、何が起きようものか、そのとき兵士たちにも分かり

ませんでした。

大きな河のなかに、そんな兵士たちがたくさん重なるように横たわり、沈んでおりました。

光のなかですべてが明らかになりました。

いっさいのものが、男も女も、老人も若者も、子どもも、時代も暮らしも、そのいのちの閉ざされたすべてが、記憶とともに、くすんだ、どす黒い灰の中から立ちあらわれてきました。

そんな死の星にも、たった一粒の種が懸命にその産声を

上げると、永遠に忘れ去られようとした
いのちの記憶を呼び覚ますように、
その一つから、無数のいのちが
いつしか繋がり合い、生まれたばかりの
小さな灯火を次々と与えていきます。

灯火は、目には見えません。
それは、誰かをいつくしみ、思いやる祈りそのもののようでした。
どこからそれが来たものなのか、
その冷たく閉ざされた大地の種たちにも分かりませんでした。
ただ温かく、喜々とした希望が、胸に溢れてくるのです。

どこからそれが来たものか・・・

最初は、氷の星の天空にふわりふわりと、たくさんの白い綿毛のようなものが飛んでいるだけでした。
ゆったりと、のんびりと、
どこまでも、どこまでも、それは、
天空を浮遊するように流れておりました。

金色の星の人は、一面の煌めくタンポポの大海原で、その綿毛に息を吹きかけ、
数えきれないほどの年月、風に飛ばし続けていたのでした。

あの青い星の女神さまに、届けてください。
豊かな平和なこころにしか咲かないいのちの種を届けてください。

祈りは、青い星の大地にたくさんの小さな種となって降り注ぎました。その中のたった一つの種が、眠れる氷を溶かし始めたのでした。

やがて、青い星にたくさんのタンポポがあふれ、
そこにいろいろな野の花が咲き乱れるようになりました。

花たちは、青い星の女神のからだの一部になったことを
喜びあい、祈りました。
青い星に平和を与え続けられるようにと。

そうして、花たちは、人間になりました。

青い星の人々には、もはや凍える星の記憶も、
悲しみの女神の記憶も何もありませんでした。

もしも、こころの中の灯火が消えないなら、
人々は、あの金色の小さな星に、
ささやかなこころの神殿を見出し続けることが
できるでしょうに。

とはいえ、美しい金色の星は、この上なく小さい。
ちょっと油断しようものなら、針の穴のように目を凝らし
ても見えなくなってしまうことでしょう。

世の終わりの贈りもの

それは
始まりのものがたりだった

世の終わりの贈りもの

〜〜それは、始まりのものがたりだった
子どもと昔子どもだった大人たちへ

凍えた天から、くだけた宝石のような雪が舞い落ちる日でした。それは、銀色にきらめく舞いを舞いながら、あたりを真新しい純白に染めてゆきました。昨日降った雪が固まると、その上にまた真っ白い星くずのような雪が音もなく積もってゆきます。

クリスマスも真近いその日、どの家にも、ある一通のクリスマスカードが投げ込まれました。雪のようにきらきらと輝くその封書の裏には、サンタクロースからの招待状と、書かれてありました。商魂たくましいどこかのお店のＤＭでしょうか。

その文字は、だれが書いたものか、地をはう虫か宙を舞う枯れ葉のように気ままに動き回りそうな不思議なものでした。一見すると、まるでワインを飲み過ぎたサンタクロースが、落書きでもしたかのようです。

カードを開いた子どもは、目をまるくしながら、読み上げました。

親愛なる子どもたちと、子どもだった大人たちへ
わたしは、「ここ」にいる。
クリスマスイヴの夜に、「ここ」に来たら、
君たちに聞かせてあげよう！
世の終わりのものがたりを！

サンタクロースより愛をこめて

「ここって、どこ？ママ」

子どもは、母親にたずねました。

「さぁ、不思議なカードだこと。でもね、そこには行っ

てはだめよ」

母親は、こともなげに構えながら、子どもに注意をうながしました。

子どもも、そのまま忘れてしまい、何日かがあっという間に過ぎ去りました。

小学校の終業式の日、友だちが思い出したように言いました。

「キリコ、今日の夜、行くの?」

「えっ?」

「ほら、サンタクロースのところ。みんなに招待状が届いたみたいよ。ちかのところにもみちのところにも・・・ほかにも、けんたにもしょうのところにも」

「そんなこと、忘れてたわ」

キリコは、おかっぱ頭をピカリンの方に向けると、好奇心がいっぱいの目をぱちぱちさせました。

ちなみに、ピカリンというのは、何でもピンと来るのが早いからというので、面白がって付けられたあだ名で、本人は、特別勉強が好きというわけではありませんでした。むしろ、母親に言われて、やっと机に向かうタイプで、この点、キリコと大差ない。


クリスマス・イヴの日、キリコの家は静かに夜が更けてゆきました。窓辺にはクリスマスツリーの灯りがちかちかと光っているだけでした。

なぜかその日は、両親も、早く休んでしまいました。そのせいか、キリコも早々と自分の部屋に入り、ベッドにもぐり込みました。両親は、キリコがおかしなカードを信じてどこかに行ってしまわないように、いつもより早く電気を消し、休んだのでした。

もちろん、両親はふたりとも寝てしまったのではありません。夜中にクリスマスプレゼントをそっとキリコの枕元に置くのに、寝るわけにはいかないからです。それに、間違っても、キリコが

「ここ」へ行ってしまわないように。

キリコの部屋の窓から、白い雪の結晶が、ダイヤモンドさながら舞い落ちてくるのが見えました。キリコは、サンタクロースの招待状を手にしたまま、ぼんやりと窓の奥の闇に輝く宝石たちをじっと見つめていました。

ふと、その宝石たちが不思議な動きを見せたように思いました。まるで自分たちにも意思があるように揺らぎ始め

ていたのです。それは、月の光に照らされた優しい凪ぎのように銀色に煌めいています。

キリコは、パジャマの上に雪のように白いオーバーを羽織り、厚手のスリッパを履くと、窓を開けました。

すると、そのままいかにも自然にその銀色の凪ぎに乗り、庭に自生する大きな木の下のふかふかの雪に着地していきます。

木の枝に積もった雪は、時折歓迎するように、キリコの頭や腕にこぼれ落ちました。

その雪を払おうと身体をよじれば、確かに木の幹にキリコの肘があたったはずでした。しかし、キリコは、初めてその木にほこらがあるのを発見したのです。それまでは見たこともないほこらが、木の幹に出来ていました。

キリコは、不思議に恐れはなく、ただ目の前の出来事に興味を惹かれていました。ほこらには、白い雪の子どもたちが、すでに遊び場でも見つけたように、ちゃっかりと入り込み始めていました。

キリコは、そおっと覗き込みました。もしかしたら、サンタクロースが「ここ」にいるのかもしれないと、本気で期待しながら。

次の瞬間、足を入れたとたんに、キリコは、一瞬後悔しました。突然、身体がどんどん上昇し始めたからです。木の中は天まで届くかのように空洞になっており、それは、実際空の向こうまで続いていました。

いったいどこまで上昇してゆくのでしょうか。

「空の向こうの、そのまた向こうの向こうまでだわ！」

キリコは、驚きながらも、次第にわくわくしてきました。

そして、ついに木のてっぺんに近づきました。ぽっかり開いた天を見ると、そこはまた星くずのように雪が舞い散っていました。やがてそれは、まとまって銀ラメ入りの真っ白な毛糸のくずを寄せ集めたような絨毯になり、天空をゆるやかに昇ってゆきます。キリコは、小さな雪の女王のようにそのふわふわわした銀白色の絨毯を歩き始めました。

しばらく行くと、あたりがぼおっと仄かに明るくなりました。そこは、どこかの星のようでした。銀色の絨毯は、その星の同じ色の絨毯につながりました。

仄かに明るくなったと思ったのは、その星の辺り一面に輝く銀白色の雪のせいでした。そこは、地球とそっくりの風景が続いていました。

家々も、そこから覗くクリスマスツリーの灯りも、キリコにはひどく懐かしく思われました。そこは家の近くの風景そのものだったのですが、それでいてどこか微妙に違っているような気もしました。第一、寝静まっているはずなのに、居間のカーテンの隙間からはしきりに灯りが漏れてきています。

キリコは、そんなこともよく考えずに、とにかく自分の部屋に戻ろうとして、はっとしました。部屋は二階にあるのだから、玄関の呼び鈴を押して開けてもらわなければなりません。

キリコは、自分の家なのに、何とも恐る恐る呼び鈴を鳴らしました。中から母親が応答してきたので、キリコはいったんは安心したものの、やはり様子がおかしい。

「あら、だれもいないのかしら。何も返事がないわ。キリコ、見てきて」

母親に言われて玄関に出迎えたのは、おかっぱにした十四、五才の女の子でした。その子を見て、キリコは、呆然と立ち尽くすばかりでした。とっさにその子が、誰なのか、キリコ自身にも合点がいったからでした。

「あたしだわ！」

頭の中が、渦を巻いているように混乱していました。どうやらキリコの姿は、この星では見えないらしい。キリコは、ドアが開いた瞬間、さっと家の中に入りました。その家は、キリコが慣れ親しんだものばかりで、思わず本当の家に帰ってきたような安堵感さえありました。

どうやら、何年か後のキリコは、クリスマスもなく受験勉強をしているようでした。イヴのこの日も、サンタクロースのことなどまるで考えていないのか、夕飯を食べ終わると、さっさと自分の部屋で予定の勉強を始めています。これには、勉強などまともにしたことのないキリコ自身がびっくりしてしまいました。あまりガリガリとやらないけれども、不思議にそれほど悪い成績も取らず、呑気に過ごしていたからです。

「今日は、サンタさんに会えるかもしれないのに！」

キリコは、もう一人のキリコの耳もとでわざと大きな声を出しました。

「サンタクロースなんて、大人が作ったフィクションだしね。ばかばかしいわ。そんなことより、キリコは、勉強して、一番いい大学に行く。そして、すっごいかっこいい企業で、キャリアウーマンになるの。お金もたくさんもらって、ブランドを着こなす素敵な人にな

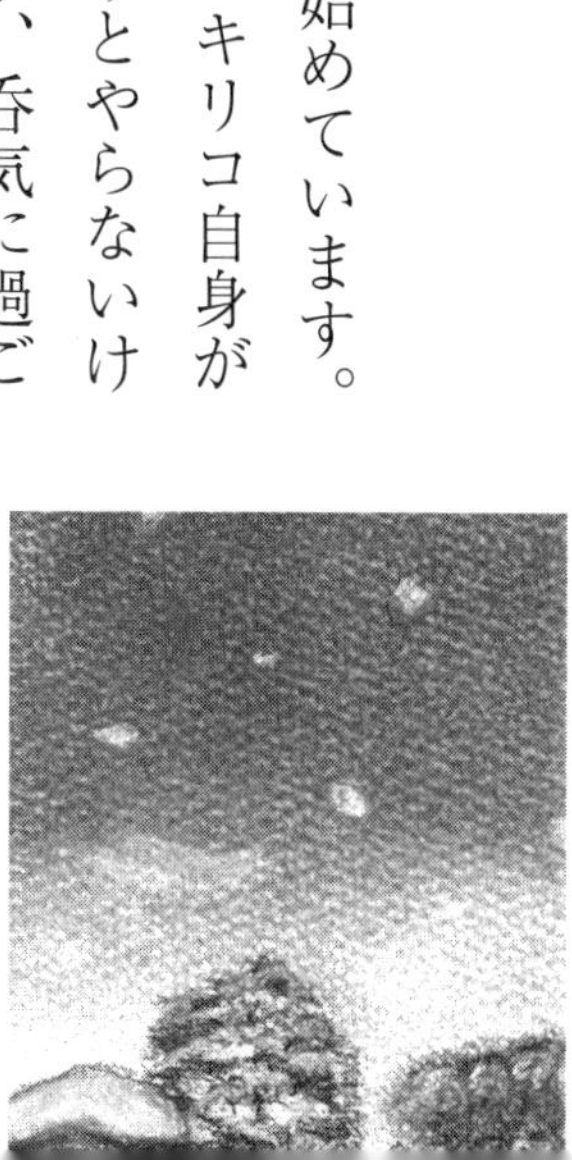

るの」

キリコは、自分の言ったことが聞こえたのかと、一瞬どきっとしましたが、もう一人のキリコはまったく気づいていない様子でした。

「でも・・・」

もうひとりのキリコは、顔を曇らせました。

「地球が、終わっちゃうって、イベント広場の霊感占い師のおばちゃんが言っていたわ。もうこんな汚れた人間だらけの地球みたいな惑星はない方がいいって・・・。また、戦争が始まるのかな?」

もう一人のキリコが、不安そうにつぶやきました。石油王国攻撃は、実際にはない大量破壊兵器を持っているとして、ネオバビロン帝国が石油王国を一方的に攻撃して、泥沼状態になっていました。ネオバビロン帝国の劣化ウラン弾が炸裂し、罪もない人々がたくさん犠牲になっただけでなく、それは空中で放射能のちりとなったまま、永久に世界中を風に乗って巡ってゆくのです。

「ネオバビロン帝国の方が、大量破壊兵器も、核も持っているのに、だれからも裁かれないのは、どうして？　強いのが、正しいってわけじゃにのにな」

そう言いながら、世の中を見渡せば、どこもかしこもネオバビロンなんだと、変に割り切ってしまうのでした。中学生のキリコにも、なぜ強い者が何でも得をするのかなどと疑問を持ち、正論を主張しても、何も世の中は変わらないように見えたからです。

「だからってわけじゃないんだけど・・・」

もう一人のキリコは、ネオバビロンのようになりたいわけではないのですが、どうしても弱い存在にはなりたくありませんでした。とにかく自分の思うように自由に生きていきたかったのです。

「戦争は絶対いやだけど、キリコさんの夢って、かっこいい。でもさ、サンタクロースが本当にいたら？　サンタさんがいたら、ホームレスにも贈りものをあげてもらうのに」

小さなキリコは、何だか悲しい気持ちになってしまいました。絶対にサンタクロースはいるに決まっているのですから。だから、キリコは、こんな不思議なところに迷い込んだはずです。

さて、もう一人のキリコが勉強をしている間、小さなキリコはベットの横にあるソファーに少し横になりました。そのソファーは、大きなキリコの成績が上がったので、両親が買ってくれたものでした。

小さなキリコは、突拍子もない冒険に疲れたのか少し眠りました。

「キリコ、キリコ！」

遠くで誰かの呼ぶ声が聞こえてきます。キリコは、その声にはっとして目覚めると、同じソファーにさっきのままで横たわっていました。

辺りを見回すと、もう一人のキリコが、窓の外を気遣っているのがわかりました。誰かいるようです。窓辺に行くと、銀色の雪あかりの中にぼんやりと一人の青年がこちらを見上げているのでした。

しかし、それ以上に、キリコは、もう一人のキリコを見て、ひどく驚かされていました。それは、さっきまでの中学生のキリコとは明らかに違う、さらに成長し、娘らしくなっているキリコがそこにいたからでした。

どうやら、そのキリコは、大学受験に失敗し、一番いい大学に入るためにクリスマス・イヴのこの日も、勉強をしているようでした。しかし、キリコには受験を控えた高校3年生の秋から両親に隠れて、ある青年とつきあっていました。

言えば、心配のあまり、反対されることとは分かっていたからですが、それよりも、自分の心の問題をとやかく言われるのが嫌だというこの年代特有のものもありました。

このせいもあって、以前のようなペースで受験勉強に身が入らなくなっていました。

もう一人のキリコは、そっと家を抜け出すと、庭で青年と何かを話しています。

しいんとした雪あかりの庭に、キリコは、耳をそばだてました。

「徴兵なんて、許せないわ。そんなの拒否して、逃げましょうよ」

「そんなことをしたら、君の家に迷惑がかかるし、僕の両親だって、苦しむことになる」

「あなたが入った大学は、トップなのに、何で行かなければ・・・・」

「もうそんなことは、いいんだ。それよりも、この戦争を早く終わらせることの方が先だよ」

「戦争に命をかけるなんて、百年前の話じゃないのに!」

「ネオバビロンが砂漠石油国連盟にめちゃくちゃに火をつけてしまった。もう後戻りできないんだ。でないと、核戦争になってしまう」

小さなキリコは、それを耳にすると、背筋がぞっと寒くなりました。核戦争だって?地球が温暖化や異常気象に見舞われているという話は、キリコの時代にも、もう珍しいことではありませんでした。しかし、この時代になって、核戦争が脅威になっているなど、ほんの少し前まで、だれが想像したことでしょう。

「世界最終戦争の危機だわ！」

小さなキリコは、親友のピカリンが「地球の終わりは、きっと核戦争に決まってる。異常気象や地震もこわいけれど、世界を見ていると・・・どうも、そっちの方があやしいわ」などと、大人びた口調でキリコに話していました。そう言えば、ピカリンは、どうなっているのだろう。あの時代では二人とも小学六年生でした。いまは、どうしているのかしら？　無性にピカリンのことが気になり始めました。

そう思うや、なぜか、もう一人のキリコが突然「ピカリン」という名前を口にしているではありませんか。どうも、キリコが思うことが、まるで空気のように伝わってゆくようだ。

「ピカリンの彼氏は、もう行ってしまったんだわ！何て酷い時代なの？」

「ピカリンも彼氏も、僕と同じ政治経済だからね。国際情勢には敏感なんだよ。このあいだ、二人とも学食で言っていたよ。絶対に地球を核で滅ぼしたくないってね。僕も同じ気持ちだよ」

「・・・ピカリン、彼のお父さんがリストラされて、学資が滞るって言っていたわ。でも、徴兵前だから、志願兵になったんだって・・・その方が、お金になるなんて、言って！」

もう一人のキリコは、胸がつまってしまい、言葉が途絶えてしまいました。

「ピカリンなら、ネットカフェ難民になっても、大学を続けるだろうになぁ」

もう一人のキリコの恋人は、わざと冗談を言って、気持ちを明るくしようとしているのが、小さなキリコにも痛いほど伝わってきました。

「だけどね、あたし、思うんだよ。どうして、ネオバビロンの言う通りになるの？　というか、何で、国なんてあるの？　国があるから、戦争をするのよ」

小さなキリコは、大人になると、本当にくだらないことばかりに縛られて、ものを考えてしまうものだと、つくづく思うのです。

そうして、また、目が覚めると、一年が経っていました。
外は、やはり、静かに雪が舞い降りていました。

「クリスマス・イブなのに、今年は雪が少ないこと！
　彼は、まだ戻らないし・・・つまんないな」

もう一人のキリコは、ため息をつきながら、地球儀を回し、英語学の教科書を机に放り投げました。どうやら、キリコは、念願の大学に合格し、外資系の会社に入ってキャリアウーマンになるべく、奮闘しているようでした。というのも、本棚に「外資系企業の就職戦線」など、その筋の本がたくさん並んでいたからです。

「何か、別人みたい、いまのキリコと」

小さなキリコも、何だかため息が出てしまいました。

「でもね、ほんとは、心配なんだ、キリコ。彼、大丈夫かしら・・・ピカリンの彼は、野戦病院に入ってしまったっていうし・・・」

キリコは、気持ちを切り替えようとしていましたが、やっぱり気分は沈んでいきます。

「会いに行けたらいいのに！　そしたら、絶対に連れて帰ってくるわ！」

大きなキリコの目から、じわじわと涙がにじんできます。

そのキリコの耳に、階下から少し緊張した母親の声が響いてきました。

「キリコ、いまニュースで、台風が明日ここを通過するって！・五十メートル級の暴風だっていうから、外出はだめよ」

小さなキリコは、世界のあちこちで起きているだけでなく、日本でも珍しくなくなった大きな台風や地震を思い出しました。思わず、キリコは、ハリケーン並の暴風で、街や公園の樹々が根こそぎ倒れたあの光景、木々の枝が空中を飛ぶ恐ろしいあの光景が目の前をよぎりました。

それは、あたかも自然という生き物が、その生存をかけて、必死に救いの叫び声をあげているかのような凄まじいものでした。

「また、台風？すでに、季節も、崩壊だなぁ」

父親の声が、昔と変わらないクリスマスツリーを揶揄するように、響きました。

「地球も、断末魔ね」

母親が、静かに相槌を打ちました。

「戦争や原発で、海の放射能汚染も酷いらしいね。政府は発表していないけれど。戦争なんて愚かな真似をいつまで続けるのか。所詮は、お金欲しさの・・・」

「戦争でどれだけの人たちが犠牲にされていることか・・・彼も、早く戻らないと、劣化ウランの放射能にやられてしまうわ」

そんな二人の会話をよそに、クリスマスツリーの灯りが、ちかちかと点滅を繰り返していました。

小さなキリコは、未来の両親の会話を聞きながら、そのクリスマスツリーの前に置かれた一通のクリスマスカードが目に止まりました。見覚えのある不思議な文字は、まさしくキリコ自身が受け取った「サンタクロースの招待状」のものと全く同じです。

その時、大きなキリコが降りてきて、ツリーの横のソファーに座りました。

キリコは、祈るようにもう一人の自分をみつめました。

すると、その思いが伝わったのか、大きなキリコは、サンタクロースの封書からカードを取り出します。

「このカード、随分昔にもらったことがある・・・懐かしいな。あの時と同じことが書いてあるわ。世の終わりのものがたりって・・・あの時・・・夢を見たんだっけ。ヘンな夢。あれっ、追伸って書いてある。『時は、満ちてきた・・・ハートの扉を開けなさい』だって・・・」

小さなキリコは、その言葉がぐっと胸に迫りました。キリコには、サンタクロースのその言葉の意味するものに何か重大な秘密があるように思われたのです。

「それにしても、サンタクロースって、いったい誰なんだろう・・・」

大きなキリコは、遠い時の彼方をぼんやりと見つめました。

（何故、戦争なんかしなければならないんだろう。ただ殺し合うだけの虚しいことを。得をするのは、いつもどっかのお偉い誰か。あたしの彼は、いったい何のために戦うというの？ピカリンの彼は、どうしてお金のために戦争に行かなければならなかったの？命の方が大切じゃないの？）

大きなキリコは、心の中で呟きながら、その目からどうしようもなく涙がこぼれ落ちてくるのをそっと指で吹き飛ばすのでした。

「本当は、サンタクロースっているのかもしれないわね」

ふいに母親が、キリコの独り言に応えるように言いました。

「でも、もう遅いのかもしれないわ・・・何もかも」

「世の終わりのものがたりか・・・。子どもには責任はない・・・大人の責任だよ。腐った大人の・・・」

父親が、淡々と応えたのですが、その言葉は、夜の闇のように、クリスマス・イブを覆い尽くしながら、重く沈んでゆきました。

窓の外は、冬の木立が、不気味にざわめいていました。

小さなキリコは、目を閉じました。サンタクロースは、本当にいるのだろうか。

大きな綿のような雪が、暗い空から次々とこぼれ、その夜の木々の夢を打ち砕くかのように吹く風に飛ばされていました。

ふと、我に帰ると、キリコの前に、銀色の雪がただ沈黙の闇を縫うように降り続けています。キリコは、自分がどこにいるのか、まるで分かりませんでした。その宝石のような雪の煌めきが夜の帳から時折、踊り出し、また、悲しげにその存在をかくしてしまう、そんな光景が広がっているだけでした。

遠くに山の木立が雪灯りの中にぼんやりと佇んでいます。その木々に鳥たちは安らぎ、きつねやりすや熊も、ほっと安堵の吐息をつきながら、眠っているに違いありません。

振り向くと、家々の灯りが連なっていました。そして、それは、少しずつ、消えてゆきます。その中にクリスマスツリーだけが、妖精たちの瞬きのように点滅を繰り返していました。

そんな優しい夜の臥所に、キリコの星、ちきゅうも、ほっとするように疲れを癒し、眠りにつこうとしていたことでしょう。


その時でした。大空のかなたから、眩いばかりの閃光が走りました。それは、一瞬の出来事でした。

キリコは、それが何なのか、よく理解できなかったのです。しかし、次の瞬間、あたりは、怒り狂った太陽フレアのような凄まじい熱風に森も家も街も何もかもが、その姿を失い、炎に包まれてしまいました。

その閃光は、空の彼方にも花火のようにいくつも瞬き、そこにどんな天使も焼かれてしまうのを恐れるように誰一人近寄ろうとしませんでした。

地球という星の大地は焼かれ、物の怪すらその存在を許されない「死の星」と化してしまいました。

「これが、これが、戦争・・・」

鳥も風も木々も歌わない。葉の下に虫一匹くつろがず、蝶はその美しい羽根を羽ばたかせることもない。木々をすばしこく駆け回るりすの足跡も見つけられない。焼けただれた生命たちがその息を失ってしまうその中に、キリコが生まれてきて出会った大切な人々がたくさん、たくさん、たくさんいる・・・

なのに、憎しみの炸裂は、確かにそれまでは確信に満ちていたはずの何気ない日々の暮らしを根こそぎ奪い去ってしまうのだ。誰にでもあったはずのその平和なひとときにある安堵の吐息も、食卓に居座る幸福そうな笑いも、その一瞬、突然すべてがはぎ取られてしまう。昨日と今日の間にもはやどんなつながりも消えてしまっている。それが，戦争なのだ・・・・

地球は、まぎれもなく、汚れない水をたたえ、原始の時を超えて、生命を育み続けてきました。

そのいのちの星が、原始のうたを天空の風に響かせながら、憎しむためではなく、ただ愛するために「キリコ」たちを生み出してくれたのではなかったのか。

小さなキリコは、あまりの光景に言葉を失い、呆然としながら、張り裂けそうな悲しみと痛みが激しく心に突き刺さるのでした。

どんな言葉も虚しく思われたその瞬間、小さなキリコの脳裏に、不思議な鈴のような音がこだましてきます。そのこだまの中から、確かに誰かが何か大事なことを伝えたくてたまらないかのように何度も何度も、遠く近く語りかけてきているようでした。

「扉を開けなさい・・・ハートの扉だ。君の好きな扉をイメージしてごらん。いいかね。一番好きな扉だ」

そう言っているように聞こえます。空耳かもしれません。小さなキリコは、耳を澄ましました。もう二度と聞こえてきませんが、その声は、冷たく閉ざされた氷の心をたちまち溶かしてしまうような温かさにあふれていました。

「あのサンタクロースの声にちがいないわ」

キリコは、とっさに思いました。

キリコは、その声に従って、木漏れ日のなか若葉の茂る木に扉を付けてみました。そこに森の妖精が住み、木の枝に座って、ハープを奏でているにちがいないと思いながら。


木々の葉は、ハープの音色に合わせるように風に鳴りました。キリコが、その扉を開けると、中は明るく広い空間が広がり、その向こうにはまた扉があり、大きく開け放たれていました。


開かれた扉の外に出ると、明るい陽光が差し込み、美しい笛の音色のような小鳥のさえずりが、これでもかと言わんばかりにあふれるように聞こえてきました。

小鳥は、いつの間にかその瑠璃色の姿を空中に現し、キリコを誘うように啼き始めました。

それは、まるでキリコだけでなく、この地球という星に

棲むすべての生き物たちに呼びかけているように思われました。この星が生み出し、育んできたすべての生き物たち、いのちたちに。

キリコは、地にも、天にも、笑い声が響き渡るような気がしました。木々が芽を出すたびに笑い、川が流れるたびに笑い、風がそよぐたびに笑い声がこだまするのです。すべてのものたちは、この地球に生まれたことを喜びあっているのです。互いに許し合い、その笑いを分かち合いたいのです。

この星に生まれてきたすべてのものたちには、本当は何もかも分かっていたからです。わたしが、木であり、川であり、風であることを。わたしが、あなたであることを。すべてのいのちたちであることを。わたしが、母なる地球、あなたであったことを。

キリコの目の前では、美しい若芽を芽吹かせる木々の枝が風に揺らぎ、タンポポの咲く野原が広がり、ミツバチが飛び交い、鳥は歌い続けていました。

そして、白い人も、黄色い人も、黒い人も、信じている神様が違っても、国同士が争っていても、敵も味方も、金持ちも貧乏人も、賢い人もそうでない人も、争いのある家庭もそうでない家庭も、病む人も、障がいのある人も、五体満足な人も、ありとあらゆる動物たちも、すべてのものたちが集い、その涙を拭い合っているのです。

完全さも不完全さも、すべて一つに溶け合ってしまいました。もう互いに裁き合うこともありません。すでに怒りや憎しみ、悲しみや恐れも、地球から手放されたのです。

すると、喜びは、天空に満ち、いのちの讃歌を奏るように、その地平線に、光に照り映える巨大な雲が何筋もの光芒を放って現れ出ました。

キリコは、その地平線に向かって歩き出しました。気がつくと、あたりは、銀白色の雪の世界に変わり、天空は、夜のベールに包まれ、星屑が遊んでいます。光の雲は、夜の暗闇にひときわ美しく輝いていました。

キリコは、はっきりと見たのです。あの伝説のサンタクロースがトナカイのソリに乗り、飛んでいる姿をその雲がまるで影絵のように映し出しているのを。

キリコは、胸がいっぱいになりました。

「確かにサンタクロースはいるんだわ！」

突然、天空の静寂の中から、その声に応えるものがありました。

「そう。私は、ここにいる。君ももらうがいい。いのちの木を。世界中の子どもたちに、昔子どもだったことすら忘れているすべての大人たちに、その木をあげよう。そして、思い出すんだよ。大切なことを。忘れてしまった大切なことを。生まれる前には大人だって、ちゃんと分かっていたはずだ」

「もしも、君たちがいのちとお金のどちらをとるかという選択を迫られたら、君はどうするかね？そのときに、思い出してみるんだよ。このサンタクロースが語った世の終わりのものがたりを。いいかね?·愛も知恵も、あまたの星屑のように目立たずに輝いている。あちらこちらに。だから、だれも気にも止めない。

だが、いのちはそこにしかつながらない。それ以外は、ゲームにすぎない。いいかね?·木を枯らすことのないように!」

サンタクロースは、星屑といっしょに小さな幼木を夜空から放りました。金色の星の粉が木の葉にくっつき、それはきらきらと光りながら、ふわりふわりと落ちてきました。

キリコは、その木を握った瞬間、まっしぐらに、小さなキリコの住む青い星を目指し、静かな銀河のしずくを浴びながら、飛んでゆきました。まだしも青い水をたたえた、いのちを生み、育くむ美しい星、母なる地球へ。

(あした地球が滅びようとも、あたしは、いのちの木をしっかりこの星に植えるんだ!)

「おぉい、サンタクロースさん!ありがとう!あたしたち子どもたちがいる限り、あたしたちの星は大丈夫!キリコたちの未来は大丈夫よ!」

キリコは、銀河のかなたに浮かぶ金色の雲に向かって力いっぱい叫びました。その手には、小さないのちの木がぎゅっと握られながら。

そのはっきりした感触に、キリコは、思わず胸を突かれました。おそらくピカリンやほかの友だちの手にも、世界中の子どもたちの手にも同じものが握られるだろう。いや、すでに握られているのだと、なぜか確信を持って、ひらめいたからです。そして、もちろんキリコやピカリンたちの両親の手にも・・・。

夜のとばりが降りる前に、急がねばなりません。この雪の夜の幻影の木を手にしたものは。

キリコが庭の木のほこらから空を見上げると、降りしきる銀色の雪空の向こうに、金色の雲が投影し、それが一瞬サンタクロースを乗せたトナカイのソリに変わるや、素早い流れ星のようにさっと消えてしまいました。

世の終わりの贈りもの・・・。
あなたは、もう受け取っているだろうか・・・

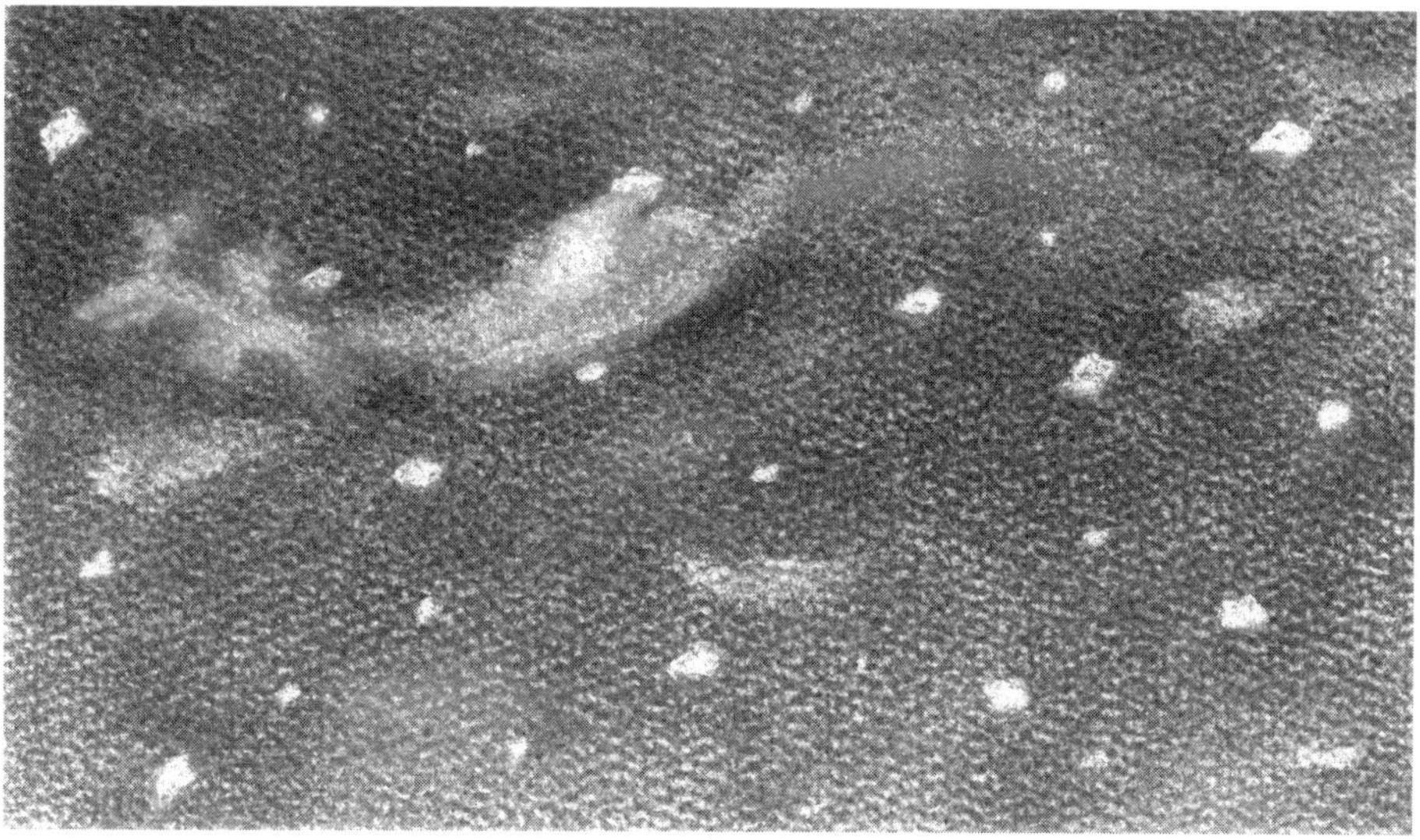

蛇足的？解説

稲田 芳弘

妻陽子を「不思議なヒトだなぁ」と思い始めたのは、陽子が『クマが出た！』の物語を書いた直後、本当に作品どおりのことが起きたときからだった。その当時の陽子は、童話サークル「野夢（ノーム）」を主宰していて、子育て中にふとひらめいたことなどを物語にしていたようだが、いざ物語が完成するや、なぜかそのストーリーが現実化してしまう。もっともその多くは、「何となくあの話に似たようなことが起きた」といったものだったが、『クマが出た！』に関しては、ずばり物語どおりのことが起こったのだ。（『クマが出た！』の物語は、この原稿の最後に紹介したい）

そのときぼくは、それを「意味ある偶然」、つまり共時性現象《シンクロニシティ》として捉えてそれとなく納得していた。「こういうことは良くあることさ」と、共時性と解釈することにより思考をストップさせてしまったのである。

しかし本当に考えるべき問題は、「なぜ共時性現象が起きるのか」ということでなければならなかった。なのにその当時は、「不思議な出来事、面白い話、奇妙な事象、スリリングな物語」等々の認識レベルで納得し、自分を安心させていた。

ところが、それだけでは済まされない事態がぼく自身に起こった。2年前に「ガン宣告」を受け『ガン呪縛を解く』を書き出したとき、共時性のオンパレードが始まったのだ。要するに、ガン問題や「千島学説」にコヒーレントな意識を向けたとたんに、必要としていた情報が続々と集まり始め、意味ある出来事が次々と起きてきた。そんな体験を通して、意識（思い）というものの不思議さを実感させられたのである。

さて、この『世の終わりの贈りもの』は5つの小作品から構成されているが、そのすべてがどうやら陽子の「意識世界」で楽しく展開された実話？のようである。「意識世界での実話」などと言うと、いかにも怪し気な話に聞こえてしまうが、意識したものがやがて現実化したり、実話（現実）が意識の世界で予感を呼んでいたりすることを考えれば、これは単に怪しい話では済まされない。むしろ、「その事実」をはっきりと認識した上で、人は生きていかなければならないように思う。そして「その事実」は、いまや科学的にも解明・実証されつつある。生命や意識、宇宙等々の量子論的理解が、これまでの「不思議」を次々と「当たり前化」しているからである。

五つの作品の内、まず『恋うた』は、「湿原の画家」と呼ばれる佐々木榮松画伯の作品から誘発された物語である。実際、佐々木画伯の作品と対座すると、それは見るものにさまざまなイメージを誘発する。鈍感なぼくでさえ佐々木作品からは音が感じられてきたり、香りに包まれる思い（錯覚？）に誘われるのだから、感性豊か？な陽子の耳の奥に、風のように透明なヴァイオリンの音が響いてきたとしても不思議ではない。

しかも陽子の場合には、その弦のピュアな響きが湖畔に咲くサビタの花を呼び出して、たちまちそこに恋物語が誕生したらしい。それもたぶん、佐々木作品の奥の奥に、作者の幼くして亡くなった娘に対する深い愛情を感じ取っていたからにちがいない。

佐々木作品の不思議は、どうやらそれが「人の心を癒す」ことにあるようだ。なぜなのか。その理由を強引に一言で言ってしまえば、作者（佐々木画伯）がその風景（湿原）全体の生命場に磁化されて、その上で自らの心に映るもの（見えるもの）を、そのまま素直に絵にしているからであろう。ここで問題になるのは「どう見えるのか？」ということだが、佐々木画伯はあの原初的な湿原空間に、常に「多様ないのちを生み育てるピュアな意志と愛」を感じとっている（ように思う）。だからこそ、その生命的エネルギーと情報を刻印した佐々木作品が、観る者の意識、無意識に深く作用して、ストレスなどで歪んだ（病んだ）意識磁場（生命場）を修正復元してくれるのではなかろうか。

それはさておき、『恋うた』はヴァイオリンを弾く青年と湖の精霊との恋物語である。そしてこの両者の出会いは、ヴァイオリンの響きが風の音と同化したときに起こった。つまり青年の意識が湖の生命＆意識場と共振したとき、それまでは見えなかった湖の精霊が見えるようになった。これは、意識が五感の世界を広げうることを物語っており、実際、それは誰にも起こりうることだ。

陽子もまた、佐々木作品と同化（共振）することによって、どうやら作品の奥に潜む青年と精霊の恋物語を見てしまったようである。それも、「大自然との融合と慈しみ」をテーマに佐々木作品とのコラボレーションを試みたからにちがいない。

また『ふしぎ森のものがたり』は、「意識の不思議」を改めて考えさせてくれた。意識って何だろう？　意識や心や記憶や情報は、いったいどこに存在しているのだろうという、非常に根源的にして重要な問題を、である。

現代の科学では、意識や心の作用を、脳内世界の化学的・電気的現象と見ている。確かに脳が意識や心と関係していることは疑いえない。しかし、本当にそれだけなのだろうか。この問いに対しては現代科学自体が、それだけでは到底説明がつかない事例を数多く指摘してくれている。

いや、こんな回りくどい言い方はやめるべきだろう。率直に言って、意識も心も、記憶も情報も、「宇宙的」なレベルで考えなければならない。デカルトの言う「われ思う、ゆえにわれあり」の「われ」の内奥には、宇宙意識もまた内在しているのである。

『ふしぎ森のものがたり』の主人公は「少女」だが、その少女があるとき「ふしぎ森」に迷い込む。そして言う。

「あたし、わからないの。自分が誰なのか、
どうしてここにいるのか、ってことが…。全然、思い出せないの」

この思いは、決してこの少女だけのものではないはずだ。「自分とは誰か？」「どこから来て、どこへ行くのか？」…、これは、そのことを意識するしないは別として、誰の心の奥にも深く潜んでいる根源的な問題なのではなかろうか。

この問題を考えるに際し、テレビや携帯電話、インターネットなどの普及は実にあり

がたい。というのも、テレビや携帯電話は、空間には目には見えなくても数々の電波が飛び交っていて、その電波が大量の情報を届けてくれている事実を明らかにしてくれるからである。またインターネットでは、自分のほうから自発的にアクセスさえすれば、つながっているすべての情報をたちまち引き出すことができる。

このことから分かるのは、テレビや携帯電話、パソコンは単なる情報処理媒体（変換装置・ハード）にすぎず、情報（ソフト）そのものはこれらの器機以外の場所に存在するということだ。手に握った携帯電話がしゃべったり、目の前のパソコンが情報を与えてくれるのではなく、情報の実体・実質は全く別のところに存在しているのである。

となれば、「われ思う」の「われ」を、小さな自分の脳の内部に閉じ込めてしまうほうがおかしい。脳機能はあくまでも情報処理装置にすぎず、「真実のわれ」は宇宙レベルに存在しているのだ。しかもその「われ」は、絶えずさまざまな情報源にリンクし、かつ共振する。そしてそれをもたらすのが、自発的な意識ということになるのだろう。

ややこしい話になってしまったが、『ふしぎ森のものがたり』は、少女をいくつかの現実に連れ出していく。一つは森の中、一つは崖の下のレストラン、そして白いキャンバスの前で目覚めたときの現実である。素直にこの物語を読めば、これは絵を描こうとしていた少女がいつのまにか眠ってしまい、夢の中でふしぎ森に迷い込み、そこからさらに現実と幻想の狭間で、見たことのなかった森のレストランに誘いこまれたということなのだろう。が、宇宙的意識からこれを見れば、サイレントリバー（静寂の河・ゼロポイントフィールド？）や動物たちとのコミュニケーションのある世界のほうが遥かに宇宙の実相に近く、その意味で「夢を見た少女」のほうこそ「真の少女」が見ている夢とも言える。「胡蝶《こちょう》の夢」ではないが、蝶の夢を見る自分とは、実は蝶が見ている夢かもしれないのだ。

いずれにしても、意識とは不思議なものである。それは瞬時にどこにでも飛んで行き、どんなものとも共振し、条件しだいでは予感や予知を呼んでやがて現実化する。意識は、いわば高度で精妙なチューニングのようなものであって、宇宙の巨大なデータベース（虚空＝ゼロポイントフィールド）からさまざまな現実を引き出す力を持つ。そしてそのことをシンプルな物語にしたのが、『幸せ配達屋さん』だったかもしれない。

『幸せ配達屋さん』という作品が誕生した裏事情を、実はぼくは知っている。というより、この作品はぼくの意識に呼応するかたちで生まれ出たとも言えるだろう。すなわち、ある時期ぼくは真言密教の究極の呪文「虚空蔵求聞持法《こくうぞうぐもんじほう》」に関心を抱いていたのだが、これは呪文（言葉）が自分（われ）と宇宙（虚空）をつなぐというものである。

分かりやすく言えば、呪文（言葉・波動）は一種のパスワードのような働きをして、それが宇宙的データベースの扉を開き、そこからあふれるような情報とパワーを引き出してくる。実際、空海は虚空蔵求聞持法を駆使することで膨大な経文の真髄をたちまち理解し、その後のあの天才的、超人的な「空海」たりえていった。「たかが言葉」でありながら、「されど言葉」で、「言葉の威力」に関心をもった陽子は、そこから「幸せを呼ぶ言葉」を届ける旅人の話、すなわち『幸せ配達屋さん』を書いたのだった。

この作品では「幸せを呼ぶ言葉」がいったい何だったのか、それについては何の説明もなく、ただ「小さな虹色の紙に記された小さな言葉」としか書かれていない。「小さな」という形容詞は「シンプルな」という意味でもあり、幸せになるにはシンプルな言葉があればいい。ちなみに「ありがとう」という言葉一つをフルに使いこなすだけでも、人に幸せは舞い込むのだ。

『幸せ配達屋さん』が配ったという小さなシンプルな言葉の説明は何もないが、「虚空蔵求聞持法」が一つのヒントになったであろうことは疑いえない。

この呪文は「のうもう　あーきゃしゃ　ぎゃるばや　お～ん　あ～りきゃ　まーりーむーり　す～わっはっ」というもので、サンスクリット語（梵語）の大家によれば、この呪文の真髄は「あーきゃしゃ　ぎゃるばや」という言葉にあり、その意味するものは、命を生み出す「宇宙の子宮」、つまりは「虚空蔵」である。

問題は、「虚空蔵求聞持法」がなぜ「幸せ」を呼び込むのかということだが、それをずばり一言で言えば、「宇宙の子宮」を動かすソフトウエアは「愛」だからであろう。だからこそその「愛」に意識をチューニングして共振するとき、限りない命のエネルギーと情報が増幅されて現実化する。だが、命とエネルギーと情報の源泉たる「宇宙の子宮」への直接的なアクセスは、ものすごいパワーを引き出してしまうだけに、そのぶん意識のあり方（動機）が強く問われることになり、お金儲けなどの欲望のために使うなら、それはとんでもないものに化けてしまう危険性も同時に孕んでいるのである。

この物語では、「死に直面した男が最後の力をふりしぼり、涙を光らせて虹色の紙に書かれた言葉を歌うようにつぶやいたとき、静かな平和と希望が心の中に溢れた」とあるが、それこそ執着をすべて捨て去った者に訪れた幸せだったと言えよう。つまり、パワフルな言葉（呪文）であればあるほど、使う人の意識や動機が問われるのだ。

虚空蔵（宇宙の子宮）は幸せ・喜びの源泉であり、そのパワーを引き出すパスワード（言葉）を使う者の意識レベルに応じて働きを表す。そしてその究極レベルが「愛・感謝・喜び・平安・悟り」ということなのであろう。『幸せ配達屋さん』の作品では「言葉そのもの」についてては何も触れていないが、そこに「慈愛」のスピリットが息づいていることだけは感じ取れるのではなかろうか。

『金色の星と青い星』は、「地球の運命」を予感させる物語である。「青い星」というのは「水と緑と生命に満ちた地球」を意味し、「金色の星」は自然環境を破壊し尽くし、かつ欲望戦争の核が炸裂して燃え尽き果てた星の姿である。金色の星から眺める青い星はとても美しく、それはいつも凛としたみずみずしい輝きを放っていた。だから青い星を見上げることは、金色の星に住む人にとっての希望であり、憧れだった。

なのに、その青い星に異変が起きる。その理由は、本書の最後の作品『世の終わりの贈りもの』の物語の中に見つけることができるだろう。そう、この2つの物語は、実は対を成しているのだ。「青い星」が「灰色の星」になっていく理由とプロセスを、『世の終わりの贈りもの』が綴っているのである。

この2つの物語は、決して単なる空想物語などではない。それどころか、現に「青い星地球」は環境破壊によってすでに急激にくすみ始め、異常気象や天変地異などの呻き声を上げている。その結果、水問題が深刻化し、オーストラリアなどでは一千万人規模の大脱出計画が真剣に検討され、食糧不足で苦しむ国々でもその出口を求める模索が続いている。これは明らかな地球異変だ。にもかかわらず、いまなお戦争と戦争の噂が絶えず、不安、懐疑、恐怖、憎悪の情念が高まるばかりだ。

ここでぜひ思い出していただきたい。「意識」と「物理的現実」とは、深いところで連なっているということを。地球は単なる水や岩石や生き物たちの物質的な集合体などではなく、地球にも目には見えないが「ガイア」という地球生命体磁場がある。地球上のすべての生命の営みは、その生命磁場からの力と情報を得て成されているのだ。

そしてこの「生命磁場」は、実は「意識磁場」の分母とも重なっている。つまり、生命体も意識もその根は一つで、目には見えない地球磁場圏が、いのちを生み出し、生き物たちを育てて進化させ、その果てに人間の意識を織り上げてきたのである。

その意味で、いまや人類が直面する地球環境の危機的な異変は、人類の意識の乱れが生み出したものとも言えよう。「意識」と「危機的な現実」は相関し合っていて、その根を等しくしているからである。

それだけに、このメカニズムを逆に考えれば、まだまだ希望は残されている。というのも、人々の意識がどこかで大きく変容するとしたら、青い星がやがて灰色の星と化し、ついには水も空気も生命も消えて「金色化」するだろうこの星・地球の悲劇的な運命を変えることもまだ可能になるからだ。私たち一人一人が個々の意識を高め、そして広く深くつなげていくことにより、青い星地球の「気（磁場）の乱れ」を癒すこともできるはずなのである。

こうした論は、どこかオカルトめいていて、ずっと昔のぼくならば、「まさかぁ」と笑って聞き流していたことだろう。しかし「ガン宣告」以来、千島学説に言う「気・血・動」の生命医学を吟味追求するに及び、「気のパワー」のもの凄さを思い知らされた。人の意識は人体の生命磁場に影響を与え、磁場の歪みや傷みを癒したりもする。いや「癒し」は、最終的には、生命磁場の修正修復にあり、そのために「気」の働きが大きな意味を持つのだ。『ガン呪縛を解く』の出版以来、ぼくはそんな劇的な事例に多々接することができたのだった。

人体の営みは、目には見えない生命場（生体磁場）によって維持されている。分子生物学の進歩で知るあの多様で複雑な化学反応は、実は生命場の有するソフトウエア（情報・プログラム）が機能した結果（足跡）だ。人には一つに統合されたそれぞれの生命場があり、それが精妙に働くことによって精妙な生命活動を見事に司っているのだが、そこに何らかの理由で支障（乱れ）が生じたとき「病気」が発症するのである。

また物質を精妙にコントロールする磁場はそれぞれの臓器にもそれぞれあって、例えば心臓では心臓の磁場（ソフト）が働き、腸には腸機能を司るソフトが絶えず働いている。細胞レベルでも細胞そのものの固有の磁場があり、その細胞磁場を形成するのは、どうやら「水素電流」であるらしい。この事実も、実は『ガン呪縛を解く』出版以降の思いがけない数々の出会いと、そこからの情報インプットによってもたらされたものであったが、それを知ったとき、マクロからミクロまでの相似象的メカニズムが一挙に明らかになったような気がした。

以上は「人体」に関する簡単な説明にすぎないが、これを相似象的に拡大して考えれば、そこから「人と地球」「人&地球と宇宙」の関係性も見えてくるのではなかろうか。要するに、病める地球を結果させたのは人の意識磁場の乱れであり、それを癒すには意識の調和を図るしかない。意識と現実（環境）は同じ磁場（ゼロポイントフィールド）に根を持つからである。

その意味で、長らく『エコろじー』紙の編集人&ライターとして、環境問題や社会問題等々に目を凝らしては憂いてきた妻陽子の意識の内奥に、「世の終わり」がイメージされたのも当然のことだったろう。特にここ数年、地球の異常化が目につくが、温暖化や異常気象、天変地異等々の環境異変以上に、戦争への懸念や原子力発電所への不信、放射能汚染、社会的不安等々が人々の意識をますますかき乱し、このままなら最悪の結果を招来するだろうと思ったにちがいないからである。

しかし陽子は「そう思う」ことを躊躇したようだ。「そう思う」ことで不安と懸念の波動が増幅され、心配事が実際に現実化しては大変と考えたからであろう。だからこそ、たとえ灰色の星になっても小さなタネが息づきさえすれば、そこからどんどん希望が広がっていくことをイメージした（『金色の星と青い星』）。さらに『世の終わりの贈りもの』では、どんな事態に陥っても「いのちの木」を植えることの大切さを物語化した。

そしてその「いのちの木」には、ハートの扉を開くことで近づけると言う。
そこでキリコは、

木漏れ日のなか、若葉の茂る木に扉を付けてみました。
そこに森の妖精が住み、木の枝に座って、
ハープを奏でているにちがいないと思いながら。

「思いながら」とは「願いながら・祈りながら」ということだろう。同じ行為でも、意識のあり方によって結果が大きく違ってくる。するとそのとき、

キリコは、地にも、天にも、笑い声が響き渡るような気がしました。
木々が芽を出すたびに笑い、川が流れるたびに笑い、風がそよぐたびに笑うのです。

すべてのものたちは、この地球に生まれたことを喜びあっているのです。
互いに許し合い、その笑いを分かち合いたいのです。

この言葉には、作者陽子の「祈り」が込められている。だが、それは実は、地球上のいのちたちと宇宙が陽子の意識下にさりげなく働きかけ、「祈り」という自発的な思いを結晶化させてくれたのかもしれない。ここでの「陽子」という固有名詞は、「自分」と置き換えても差し支えない。人が「思う」ということは、実はその思いを誘い出す「大いなる何か」が存在しているということでもあるのである。

「世の終わり」にサンタクロースから「いのちの幼木」を贈られたキリコは、それを手にしっかりと握りしめ、

青い星を目指し、静かな銀河のしずくを浴びながら、飛んでゆきました。

まだしも青い水をたたえた、いのちを生み、育くむ美しい星、母なる地球へ。

そしてキリコは、強く心に誓った。

(あした地球が滅びようとも、いのちの木をしっかりこの星に植えるんだ!)……と。

ただし、キリコに次のように語らせている。「夜のとばりが降りる前に、急がねばなりません。この雪の夜の幻影の木を手にしたものは」と…。

ぎりぎりの臨界点が、もう、すぐそこに迫ってきているからである。

もしも『クマが出た!』の作品が、かつて目の前で現実化しなかったとしたら、ぼくはこれら『世の終わりの贈りもの』の作品群を単なる「ファンタジックな創作」と考えて、ただ微笑んで本にしただけだったにちがいない。

しかし誰かが鮮明にイメージしたもの、意識したものは、まぎれもなく現実化しうる。それも、人類の圧倒的多数が不安や恐れを強く心に抱くなら、それは地球規模で、さまざまなかたちで現実化してくるだろう。いや、それはすでに起こっている。地球環境異変はいうまでもなく、奇怪な事件や凄惨な犯罪、多発するガン等々も、まさに地球人類規模の「気の乱れ(磁場異常・生命場異変)」の現象化と考えたほうが良さそうだ。

となれば、この『世の終わりの贈りもの』には、それなりの解説が必要となろう。そう考えて原稿を大急ぎで書き上げてみたのだが、読み返してみるとやっぱりどこかオカルトめいた匂いが鼻（心？）につく。そのことは、作者である妻陽子からも指摘された。

「これでは、なんかこの作品集が、予言書みたいに思われてしまうわよ。

私はただ、イメージしたものを、そのまま楽しく言葉にしただけなのに」…と。

そうは思われても、ぼくはやっぱり解説を付けたいと思った。それが「蛇足」にすぎず、「余計なお世話」に思われたとしても、この作品集を通して読者に強く鮮明に「希望」を意識（祈願）してほしかったからである。というのも、本書にもあるように、青い星地球は危機的な土壇場を迎えながらも、そこにはまだ「いのちのタネ」も「いのちの木」も残っている。そして小さな一粒のタネが芽吹けば、それは綿毛を飛ばしてどんどん広がり、一本の「小さな苗木」を大地に植えれば、そこからやがて大きな森に育つ可能性がふくらんでいくからである。

というわけで、「この解説を書かねば」という思いに至らせてくれた『クマが出た！』を、最後に紹介して締めくくりたいと思う。

くまが出た！

「ぼうやも、そろそろお友だちがほしいわね」

おかあさんぐまが、子ぐまに言いました。

にんげんでいうと、三さいくらいでしょうか。

近所にくまの子どもはいません。そのかわり、りすやうさぎ、きつねの子どもたちがいました。でも、みんな、くまがこわかったのでしょう。いっしょにあそぼうとはしませんでした。


おかあさんぐまは、子ぐまをつれて、同じくまの子をさがしに行くことにしました。あっちの山、こっちの山と、それはそれは、いっしょうけんめいにさがしました。ところが、くまは、どこにいってもみつかりません。ある日のこと、とうとう歩きつかれて、山の公園でひと休み。

「ママ、ぼく、あのお水がのみたい」

「でもね、にんげんがくるかもしれないから、いそいでのんでくるのよ」

ちょっとはなれたところに水のみ場がありました。ぼうやは、こばしりで、かけていきました。大きな木のかげで、おかあさんぐまが、しんぱいそうにみまもっています。

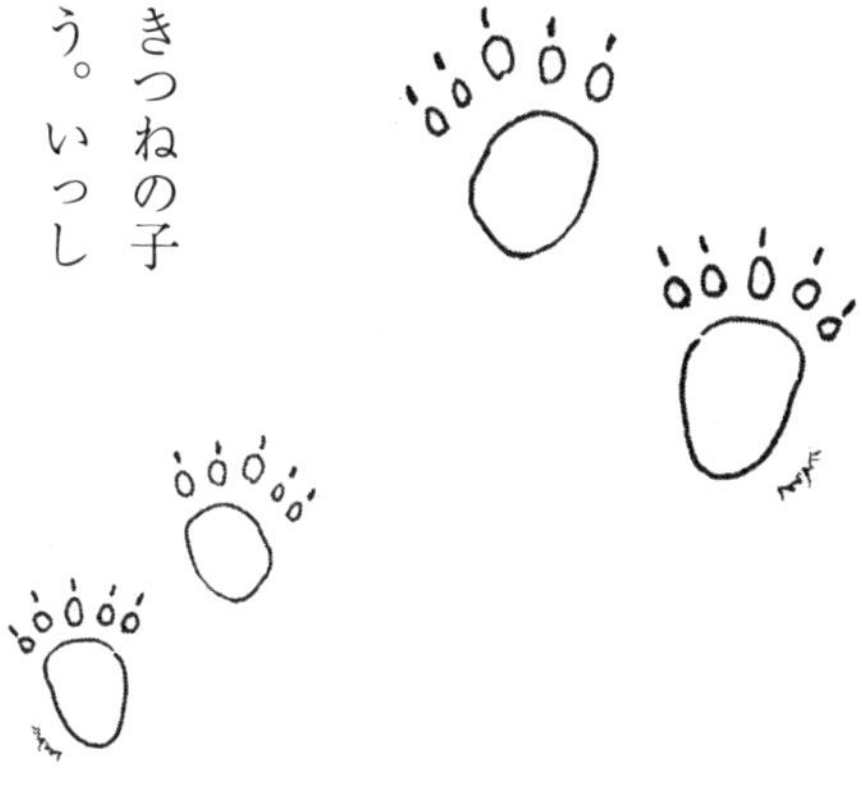

ぼうやが、のどをならして水をのんでいると、なんとうしろに、三、四さいくらいの小さな男の子が立っていました。

「くまさん、いる！」男の子は、びっくりしていいました。

「ぼく、こわくないよ」

「ぼく、くまさんこわい！」男の子はいまにも泣きだしそうでした。

「こわい！」男の子は、べそをかいています。

すると、おかあさんぐまがやってきて、男の子をだきあげて、ゆらゆらゆらしました。男の子は、何だか気持ちよくなってきました。

「どこからきたの？　ぼうや」

おかあさんぐまが、たずねました。

「あっち」男の子が、公園の目の前の家を指さしました。

「くまのおばさんは、どうしているの、ここに？」

「あのね、この子みたいに小さなくまの子をさがしていたら、こんなところまで来てしまったの」

「ふうん」

「それがね、おかしなことにね、どこに行っても、くまなんて

いなかったのよ」

「ぼく、くまさんと遊んでもいいよ！」

男の子は、子ぐまと追いかけっこをしたり、おすもうをとったり、お水をかけあったりして遊びました。楽しいときは、あっというまにたちました。

「ターぼう。どこにいるの？おうちに入りなさい！」

どこからか、男の子のおかあさんの声が聞こえてきました。それは、だんだん大きくなってきます。どうやらこちらのほうにやってきているようです。

「ママ、ここだよ」男の子は、木のかげから、とびだしました。

「じゃあ、ぼうや。また、あしたね」

おかあさんぐまが小声でいうと、子ぐまをうながして、帰ろうとしました。

「あした、遊ぼうね」子ぐまはそういうと、バイバイをするように前足をあげました。

「また、あしたね」男の子も、手をふりました。

次の日の朝。新聞にでかでかと。「公園にくま！」という大見出しが出ていました。男の子の家の前は、とんだ大さわぎです。

テレビや新聞のカメラマンや、ハンター、それにパトカーまで見えます。

「こわいね、くまが出たんですってよ！」

「なに、くまだって？」おとうさんもびっくりしています。

「ええ、おやこのくまの足あとが、たくさんついているそうよ」

男の子は、あのくまのおかあさんと子ぐまのことだと、すぐにわかりました。

「それにね、小さな子の足あともいっしょについているんですって。それで、大さわぎになっているわ」

そのことばが、終わらないうちに、おかあさんは、はっとしました。ことによると、その子が自分のむすこではないかと思ったからです。

でも、ターぼうは、ちゃんと元気でここにいます。

「ぼくね、きのう、くまさんと遊んだの。おもしろかったよ。きょうも、遊ぼうって、言ってたよ」

ターぼうは、うれしそうにいいました。

「まぁ。そう！」おかあさんは、目をまるくしながら、男の子をだきあげました。

「何ともなくて、よかったわ！　いい？　しばらく、公園に行ってはいけませんよ」

「どうして？　ぼく、やくそくしたんだ。きょうも、遊ぶって。ぼく、小さなくまさんとおすもうとったんだよ！」

「じゃぁ、おかあさんぐまは、どうしてたの？」

おかあさんには、男の子の話がにわかには信じられませんでした。

「おかあさんのくまさんは、にこにこして、見ていたよ」


それから何日か、ハンターが鉄砲をかついで、くまをさがしに公園にやってきました。ものみだかいテレビや新聞のカメラマンも、くまが出るのをじっと待っていました。

けれども、くまは、もう二度とすがたを見せません。ターぼうは、まいにち待っていました。だって、遊ぶやくそくをしていたのですからね。


くまさんは、どこに行ってしまったのでしょうか。にんげんの手のとどかない、山のおくのおくへ消えてしまったのでしょうか。

いえ、そうではありませんでした。くまのおやこは、行くあてもなく、あちらこちらさまよいつづけていました。どこに行っても山にはじゅうぶんなたべものがなかったからです。

そして、人ざとに少しでも近づこうものなら、人々はこう叫びます。

「くまが出たぞ!」と。

男の子は、おひさまがきらきらと楽しげに空でわらうとき、くまのおかあざんが大きなあたたかい手でだきあげてくれたことや、何よりもあの小さなくまの子と遊んだことを思い出すのでした。

※この物語を書いたあと、本当に裏の公園にクマが出た。初めての熊騒動である。そのとき、公園入口近くにある自宅の周りには、パトカーや救急車、ハンター、マスコミ関係者、野次馬たちが群をなして押し掛け、空には何機ものヘリコプターが騒々しい音を立てて舞い続けた。また市の広報車のアナウンスが絶えず流れ、ものものしい警戒体制が数日間続いた。それはまるで戦場のような光景で、わが家もマスコミからの取材に襲われた。そんなことがあってから平穏な数年が経ったが、去年もクマ騒動で長く公園は封鎖され、今年（2007年）もぼくがこの解説を書き始めたとたんにクマ騒動が再発し、またもやテレビ局からのインタビューを受けた。とにかく、クマのことを意識したとたんにクマ騒動が起こる（笑）。

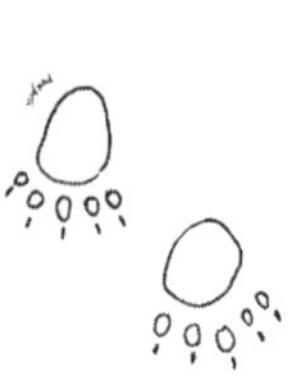

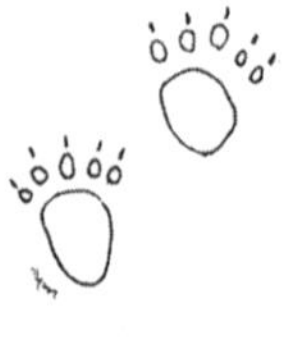

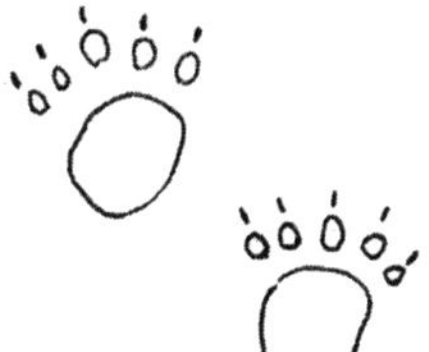

作● 稲田陽子（いなだようこ）
札幌市生まれ。青山学院大学文学部英米文学科卒業。札幌聖心女子学院で英語教師を勤めた後、広告代理店にてコピーライター、その後フリーライターとなり、文筆・編集に携わる。結婚後は子育てのかたわら童話などの創作を始め、1999年より環境情報オピニオン紙「エコろじー」を発行し、編集人＆執筆者（記者）として活動。またインターネットのHP「Creative Space」でも引き続き、執筆活動をしている。
ファンタジー短編集『世の終わりの贈りもの』は、書きためてきた物語の一部を収録したもので、「地球は、広大な宇宙の中で希有な進化を遂げた貴重なふるさとの惑星ではなかったのか」、そんな感慨のもとに創作した作品集。
ジャーナリスト。

絵●小林 真美（こばやし まなみ）

笑描き（絵描き）。北海道札幌市生まれ。

小樽商科大学商学部商学科卒業。丘美会会員。

2007年3月絵本『くまのおやこーイヨマンテー』（語り：山道アシリ・レラ／絵：小林真美／さんだる文庫）出版。Green Lion というイラストレーター三人でグループ展開催。

北海道を拠点に活動している。

世の終わりの贈りもの

2017年11月11日　初版発行
著　者　稲田 陽子
　　〃　稲田 陽子
発行所　Eco・クリエイティブ
〒063-0034 札幌市西区西野4条10丁目10-10
Tel & Fax　011-671-7880
http://www.creative.co.jp

ISBN978-4-9909592-8-9